Dirk Rühmann

Jenseits der Asse

Originalausgabe – Erstdruck

Dirk Rühmann

Jenseits der Asse

Braunschweig-Krimi

Schardt Verlag Oldenburg

Bibliographische Information der Deutschen Bibliothek:

Die Deutsche Bibliothek verzeichnet diese Publikation in *Der Deutschen Nationalbibliografie*; detaillierte bibliographische Daten sind im Internet über *www.d-nb.de* abrufbar.

Titelbild: © lassedesignen – Fotolia.com
Foto der Quadriga auf dem Braunschweiger Schloss: Oliver Fuhrmann
Umschlaggestaltung: Marlies Mittwollen, Medienagentur Mangoblau, Oldenburg

1. Auflage 2013

Schardt Verlag
Uhlhornsweg 99 A
26129 Oldenburg
Tel.: 0441-21 77 92 87
Fax: 0441-21 77 92 86
E-Mail: kontakt@schardtverlag.de
www.schardtverlag.de
Herstellung: TOTEM, Poland
ISBN 978-3-89841-696-2

1

Der Mond stand tief im Süden am abendlichen Himmel und erhellte die laue Nacht. Er überstrahlte die Sternbilder des Sommers, die chancenlos gegenüber dem Erdtrabanten blieben.

Solche Nächte waren selten in Norddeutschland. Deshalb luden sie zum Aufbleiben und zum Verweilen im Freien ein sowie zu manch abenteuerlicher Romanze.

Michael Döblitz konnte nicht ahnen, welche Reize die Natur für diese Nacht auserkoren hatte, als er die Verabredung mit Rebecca Heinze traf. Die beiden aßen im Opatija-Grill auf der Güldenstraße zu Abend und schlenderten anschließend Hand in Hand durch Braunschweig.

Die fünfunddreißigjährige Rebecca hatte den fünfzigjährigen Michael erst kürzlich übers Internet kennengelernt. Während es sich bei der schlanken Frau mit den langen, blonden Haaren um einen Single handelte, lag ihr leicht untersetzter Begleiter seit einer halben Ewigkeit im Hafen der Ehe vor Anker, den er jedoch regelmäßig lichtete, um sich in das Abenteuer einer zuweilen wogenden See hinauszubegeben.

An der Seite dieser schönen Frau ließ er sich vom Schein des Vollmonds inspirieren und voller innerer Anspannung an die bevorstehende Nacht mit der attraktiven Blondine in seinem Gartenhäuschen denken.

Michael hütete sich aber, zu schnell den eindeutigen Vorschlag zu unterbreiten, in Richtung Schrebergarten aufzubrechen, obwohl der Inhalt ihrer gegenseitigen E-Mails keinerlei Zweifel über die eigentlichen Absichten dieses Treffens hätte aufkommen lassen können. Er spielte auf Zeit, weil ihn das Leben gelehrt hatte, Frauen gegenüber nicht sofort mit der Tür ins Haus zu fallen. Außerdem setzte der Liebhaber stets auf seine gute Schule, die er durchlaufen und die ihm schon manch aufregendes Abenteuer beschert hatte.

Er vermied es immer, verheiratete Frauen zu erobern, weil er den möglichen Ärger mit deren Ehemännern scheute. Seiner eigenen Gattin hingegen mutete er das Fremdgehen einfach zu. Allerdings nutzte er nur jene Nächte aus, von denen er im Vorfeld wusste, dass sie bei der gemeinsamen erwachsenen Tochter in Bielefeld übernachtete, was sie regelmäßig tat.

Michael hatte ein Liebesnest – eine Art Blockhaus in einem gepachteten Garten zwischen Lünischteich und Riddagshausen direkt an der Mittelriede. Hierher entführte er seine Bekanntschaften, die er sich vorwiegend aus dem Internet angelte.

Sie spazierten durch die Straßen, als wollten sie sich warmlaufen. Dann blieben sie stehen und schauten den Mond an. Michael erklärte seiner hübschen Begleiterin, dass der Erdtrabant den höchsten Punkt am nächtlichen Himmel bereits überschritten hatte und wieder zu sinken begann. Er unterbreitete ihr den Vorschlag, sich gemeinsam mit dem Mond zur Ruhe zu begeben und verwies auf einen Ort besonderer Gemütlichkeit, zu dem er sie gern entführen würde. Sie lächelte ihn verlegen an und widersprach nicht. So ging er mit ihr zu seinem BMW-Cabrio, dessen Verdeck er für die bevorstehende Fahrt öffnete. Es sollte sich jedoch nur um eine recht kurze Fahrt vom Bohlweg zum Brodweg handeln.

Er legte eine CD mit Musik aus den Neunzigern ein, da seine Begleiterin in dieser Zeit Teenie gewesen war und vermutlich Gefallen daran finden würde. Rebecca bewegte ihren Körper rhythmisch hin und her und stimmte in den Gesang von der CD ein.

Michael besah sich die hübsche Frau von der Seite und genoss den Anblick, wie der Fahrtwind mit ihren Haaren spielte.

Schließlich erreichten sie den Brodweg. Die Schranken waren geschlossen. Der Nachtzug aus Gifhorn rauschte vorbei, in dem niemand saß. Die Schranken öffneten sich wieder, und Michael bog von der Straße in den Riddagshäuser Weg ein, an dessen Ende er einen Parkplatz für seinen BMW fand. Er schloss das Verdeck und ging gemeinsam mit Rebecca zu Fuß weiter.

Sie betraten die Anlage eines Gartenvereins, wo sich Michaels Schrebergarten mit Blockhaus befand. Zu dieser vorgerückten nächtlichen Stunde trafen sie hier auf keinen Menschen.

Michael holte den Schlüssel aus der Hosentasche, bemerkte aber sofort, dass die Gartenpforte überhaupt nicht abgeschlossen war. Vorsichtig öffnete er sie und bemühte sich, dass Rebecca nichts von seiner Irritation spürte. Sie folgte ihm wortlos.

Nun standen beide vor dem Gartenhäuschen. Als Michael die Tür an der Hütte aufschließen wollte, erschrak er zutiefst, als er bemerkte, dass auch sie nicht verschlossen war.

Dieses Mal übertrug sich seine Unsicherheit auf Rebecca.

Sie fragte sofort: „Stimmt irgendetwas nicht?"

„Es ist seltsam, aber ich habe die Tür abgeschlossen, als ich beim letzten Mal fortgegangen bin. Sie ist offen. Ich würde sie doch niemals offen lassen."

Michael forderte Rebecca auf, vorsichtshalber draußen zu warten. Er wollte allein ins Haus gehen und nach dem Rechten schauen.

Angsterfüllt hielt sie ihn an seinem Arm fest. In diesem Augenblick bereute sie, eine derartige Verabredung eingegangen zu sein. Sie kannte diesen Mann nicht, der nun ihr einziger Schutz zu sein schien; sie kannte diese Gegend nicht, und sie kannte nicht den Ausgang solcher Abenteuer, weil sie sich zum ersten Mal auf ein derartiges Unterfangen eingelassen hatte. Eine mannstolle Freundin hatte ihr dazu geraten. Jetzt wusste sie nicht, was sie davon halten sollte.

Michael löste sich vorsichtig aus der Umklammerung und ging in das dunkle Häuschen hinein. Vom Licht des Mondes war an diesem Platz im Schatten der mächtigen Bäume nichts geblieben. Die knorrigen Eichen verfinsterten alles.

Nun hörte Rebecca den Holzfußboden der Hütte knarren. Michael hätte Licht machen können. Doch er tat es nicht. Er schien sich weiter ins Innere vorzutasten und war komplett in der Finsternis verschwunden. Nur das Knarren des Bodens verriet Rebecca, dass sich Michael irgendwo da drinnen fortbewegte.

Plötzlich hörte sie ihn kurz, aber heftig aufschreien. Sie hielt die Luft an und wagte kaum noch zu atmen. Am liebsten hätte sie auch losgeschrien und wäre einfach davongelaufen. Doch hier war alles dunkel, und sie kannte sich nicht aus. Wo also hätte sie hinlaufen sollen?

Endlich erstrahlte Licht im Innern der Hütte. Rebecca atmete auf. Kurz darauf erschien Michael im Türrahmen. Vergeblich wartete Rebecca auf ein Signal der Entwarnung. Sie erkannte sofort an seinem Gesichtsausdruck, dass etwas geschehen sein musste, was als nicht normal einzustufen war. Rebecca trat einen Schritt näher heran.

„Was ist?“ fragte sie zaghaft mit zittriger Stimme.

„Da liegt eine Tote im Haus.“

„Wie bitte?“ Rebecca war entsetzt. „Ich will hier weg!“

„Bleib doch still! Muss ja nicht jeder hören. Komm doch rein!“ forderte Michael sie auf.

„Reinkommen? Wenn da eine Tote liegt?“

„Wir müssen doch irgendwas tun. Die kann doch hier nicht bleiben. Unmöglich! Du musst mir helfen.“

Widerwillig betrat Rebecca das Häuschen. Ihre Blicke ließen dabei nicht ab von Michaels Gesicht. Dann schloss er hinter ihr die Tür, und sie sah in den Raum hinein, der eine Art Wohnzimmer darstellte.

Am Boden lag bewegungslos eine verhältnismäßig junge Frau mit langen, blonden Haaren. Zögerlich trat Rebecca heran. Die Augen waren weit aufgerissen. Hinter ihrem Kopf hatte sich eine Blutlache gebildet.

„Wie kommt die hier herein?“ fragte Rebecca.

„Ich habe keine Ahnung“, gestand Michael.

„Kennst du sie? Hast du die Frau schon einmal irgendwo gesehen?“

„Nein. Noch nie.“

„Wir sollten die Polizei verständigen“, schlug Rebecca vor.

„Auf keinen Fall! Auf gar keinen Fall!“

„Aber warum denn nicht?“

„Ich will da nicht in irgendwas hineingezogen werden.“

„Aber was willst du tun?“

„Ich weiß noch nicht. Bloß keine Polizei.“

Rebecca wusste nicht, warum sie dieses idiotische Spiel mit einem ihr quasi Fremden spielen sollte. Doch plötzlich bückte sie sich widerwillig zu der Toten hinunter und begann ihren Körper abzutasten. In diesem Augenblick bemerkte Rebecca, dass die Tote barfuß war.

„Wo hat sie denn ihre Schuhe?“ fragte sie.

„Ich weiß es nicht. Ich sehe weit und breit keine.“

„Die sieht so ein bisschen wie ein Hippie aus“, stellte Rebecca fest.

Dann tastete sie die junge Frau weiter ab. In der Gesäßtasche ihrer Jeans steckte ein Portemonnaie, das Rebecca herauszog. Sie öffnete es.

„Dreißig Euro in Scheinen, etwas Kleingeld und ein Personalausweis“, sagte sie.

„Wie heißt sie?“ wollte Michael wissen.

„Meike Sommer. Die ist gerade erst zwanzig.“

„Mein Gott!“ Michael hielt sich die Hände vors Gesicht.

Rebecca reichte ihm das Portemonnaie und den Ausweis. Anschließend suchte sie die Tote weiter ab. In der anderen Gesäßtasche fand sie einen Taschenkalender, den sie durchblätterte.

„Da steht etwas drin am heutigen Datum“, sagte Rebecca schließlich.

„Und was?“

„Aktion: Einbeiniger Mann.“

„Einbeiniger Mann? Was soll das bedeuten?“ Michael schüttelte den Kopf.

„Keine Ahnung. Hier, nimm du das! Und nun?“

„Ich verstaue die Sachen einfach im Haus. Wir müssen die Leiche fortschaffen. Und zwar so weit weg, dass niemand jemals auf die Idee kommt, dass sie hier in unserem Gartenhäuschen umgebracht worden ist.“

„Aber wo willst du denn hin mit ihr? Die ist doch schwer.“

„Wir müssen sie raustragen."

„Und wenn uns einer sieht?"

„Das Risiko müssen wir eingehen. Dann sagen wir, sie ist besoffen. Wir bringen sie zum Auto."

„Ich weiß nicht, Michael. Ich habe ein ganz ungutes Gefühl."

„Vertrau mir", versuchte er ihr zuzureden.

Sie kannte ihn nur durch ein paar E-Mails und seit wenigen Stunden persönlich. Er hatte sie zu einem Ort geführt, wo eine Tote herumlag. Wie sollte Rebecca so einem Mann vertrauen können? Sie wusste ja nichts über ihn. Das, was er ihr gemailt oder gesagt hatte, konnte schließlich alles erstunken und erlogen sein. Wer war der Mann wirklich, dem sie sich dummerweise hatte hingeben wollen? Wie konnte sie nur so blöd sein, einen One-Night-Stand erleben zu wollen? Das erschien ihr modern. Ihre Freundin prahlte schließlich damit. Doch sie war nicht ihre Freundin. Das war ihr jetzt auf grausame Weise klargeworden.

Sie sollte dem Fremden vertrauen? Weshalb wollte er keine Polizei? Er musste doch Dreck am Stecken haben. Rebecca wollte es noch immer irgendwie nicht so recht glauben: Sie war in eine Mordgeschichte hineingeraten. Unausweichlich.

„Nun mach schon! Die Tote muss hier schnellstens weg", drängelte Michael.

Welche Wahl hatte sie? Wenn sie hilfeschreiend davonlaufen würde, täte er ihr möglicherweise noch Gewalt an. Rebecca fühlte, dass es das Beste sein würde, sich zu fügen.

Sie atmete durch und trat nun unaufgefordert ans Kopfende der Leiche. Rebecca packte sie unter den Armen. Michael umschloss mit seinen Händen ihre nackten Fußgelenke. Mit einem Ruck hoben sie die Tote an und schleppten sie hinaus.

Michael ging rückwärts, da er sich auskannte, und verließ somit als Erster das Gelände seines Pachtgartens. Er schaute nach rechts und links, ob die Luft sauber war.

Niemand schien zu dieser späten Stunde unterwegs zu sein.

Das seltsame Gespann mühte sich mit der Leiche durch die Dunkelheit in Richtung Klostermauer.

Rebecca tat der Rücken weh. Sie war es nicht gewohnt, so etwas Schweres so weit zu tragen. Außerdem stellte sie sich fortwährend die Frage, was sie hier eigentlich machte und warum. Obendrein war sie von einer höllischen Angst erfüllt, dass sie jemand beobachten könnte.

Mit Hängen und Würgen erreichten sie schließlich die Klostermauer.

„Bis hierher und nicht weiter", stellte Rebecca plötzlich klar.

Michael begriff zu gut, dass er unmöglich mehr von seiner Begleiterin erwarten konnte. Also war er einverstanden.

Gemeinsam legten sie die Tote am Anfang des Kleidersellerweges vor der Klostermauer ab. Michael griff ihr unter die Arme und setzte sie aufrecht gegen die Klostermauer.

Noch ein letzter gequälter Blick, dann liefen die beiden zum Gartenhaus zurück. Michael bat Rebecca sich zu setzen. Er nahm auf einem Holzstuhl ihr gegenüber Platz.

„Ich muss wissen, ob ich mich auf dich verlassen kann", begann er.

„Verlassen? Ich fühle mich gerade völlig verlassen."

„Wie soll die Polizei herausfinden, dass die junge Frau hier in dieser Hütte ermordet worden ist? Selbst wenn ihr das gelingen sollte, gibt es keine Verbindung zu dir. Wenn du dich nicht bei der Polizei meldest, kommen sie nie auf dich. Wir beide kennen uns doch im Grunde überhaupt nicht. Es gibt keine Verbindung zwischen dir und mir. Ich werde dich niemals erwähnen. Du bist raus aus der Sache. Du musst nur den Mund halten. Du wirst sehen, dass es besser für dich, besser für uns alle ist."

War es wirklich klug von ihm, die Polizei nicht in Kenntnis setzen zu wollen? Konnte ihm diese Entscheidung nicht am Ende weitaus mehr Ärger einbringen?

„In Ordnung. Dann fahr mich jetzt bitte umgehend zum Hauptbahnhof, damit ich mir dort ein Taxi nehmen kann."

„Ich kann dich auch gerne nach Hause fahren."

„Das kommt überhaupt nicht infrage. Es geht dich gar nichts an, wo mein Zuhause ist."

Er nickte. Sie stand auf und ging hinaus. Michael begleitete Rebecca zu jenem Parkplatz auf dem Riddagshäuser Weg, wo sie das Auto abgestellt hatten. Sie sprachen kein Wort mehr miteinander, und als sie den Hauptbahnhof erreichten, verließ sie sein Auto, ohne auf Wiedersehen zu sagen und verschwand mit einem Taxi.

2

Kinder strömten wie aufgescheuchte Hühner durch ein mächtiges Gebäude, in dessen übergroßer Empfangshalle der penetrante Klang einer schrillen Glocke an den Säulen rauf- und runterlief. Im Stechschritt stampften Soldaten mit Militärstiefeln im Gleichklang mit dem stets wiederkehrenden ohrenbetäubenden Glockenschlag auf den Boden auf. Die Kinder liefen durch das Heer von Soldaten einfach hindurch, während die Glocke lauter, durchdringender und mahnender ertönte.

In diesem Augenblick schlug Beate Winterkorn ihre Augen auf und begann zögerlich zu begreifen, dass die Kinder und die Soldaten Bestandteile eines morgendlichen Traums gewesen waren, das schrille Glockengeläut jedoch der brutalen Wirklichkeit in ihrem Schlafzimmer entsprach.

Beate sprang aus dem gemeinsamen Ehebett und stürzte zum Telefon. Ein Kollege meldete ihr den Fund einer Frauenleiche in Riddagshausen am Kleidersellerweg direkt vor der Klostermauer. Sie würde als leitende Kommissarin dringend benötigt.

Die Örtlichkeit war ihr als gebürtige Braunschweigerin vertraut. Von daher brauchte sie sich keine Notizen zu machen.

Neidisch schaute sie auf ihren Mann, der friedlich mit ruhigem, gleichbleibendem Atemzug weiterschlief und nichts von den schrillen Glocken mitbekommen zu haben schien. Nicht einmal im Traum!

„Da kann eine Bombe einschlagen, und der kriegt nichts mit“, zischte Beate vor sich hin und ging ins Bad, um sich einer Katzenwäsche zu unterziehen. Bevor sie sich anzog, setzte sie Kaffee auf, von dem sie die Hälfte in ihre Thermoskanne füllte.

Die Sonne schien trotz der frühen Stunde durch alle nach Osten ausgerichteten Fenster ihres Reihenhauses in der Braunschweiger Südstadt und flutete sämtliche Räume mit morgendlichem Licht. Dadurch wurde Beate schneller munter. Sie liebte den Sommer mit den langen Abenden und der früh einsetzenden Morgendämmerung.

Beate zog eine Bluejeans an und streifte sich einen Pulli über ihren BH. Ihr Mann schlief noch immer in seliger Ruh. Sie schrieb ihm einen Zettel, dass sie zu einem Einsatz gerufen worden war, schlüpfte barfuß in ihre Turnschuhe und verließ das Haus mit der Thermoskanne unter dem Arm.

Es war kurz nach fünf, als sie den Tatort mit ihrem weißen Golf nach zehnminütiger Fahrt erreichte.

Mehrere Polizeiwagen standen dort herum, und eine beachtenswert große Ansammlung von Menschen fiel der Kriminalbeamtin sofort auf. Einige davon waren ihre Kollegen. Bei den übrigen Menschen mochte es sich um Schaulustige handeln, die aber den Anblick der Toten wohl alles andere als lustig empfanden.

Hauptkommissarin Beate Winterkorn war eine schlanke Frau, groß gewachsen mit kurzen, schwarzen Haaren und blauen Augen. Sie trat zu ihren Kollegen und wünschte trotz des schrecklichen Leichenfundes einen guten Morgen.

„Wo kommen all die Leute zu so früher Stunde her?“ fragte sie etwas irritiert.

„Drei sind hier mit dem Hund vorbeigegangen. Einer hat die Leiche entdeckt und uns sofort alarmiert. Vermutlich hat er mit dem Handy die restlichen Leute verständigt, die dann hergeeilt sind. Ist doch besser als Frühstücksfernsehen“, sagte Kommissar Bernhard.

„Nehmen Sie von allen die Personalien auf, damit sich das frühe Aufstehen der Herrschaften wenigstens gelohnt hat“, ordnete die Hauptkommissarin an.

„In Ordnung“, sagte Bernhard und tat, was ihm aufgetragen worden war.

Hauptkommissarin Beate Winterkorn hatte gleich nach dem Abitur ihre Ausbildung bei der Polizei begonnen und erst kürzlich ihre Urkunde für fünfundzwanzigjährige Treue erhalten – verbunden mit einem feuchten Händedruck ihres Vorgesetzten und einem Tag dienstfrei. Trotzdem verabscheute sie es noch immer, gewaltsam zu Tode gekommene Menschen betrachten zu müssen. Besonders an die Nieren gingen ihr Mordopfer, die deutlich jünger waren als sie, oder, wie in diesem Fall, noch nicht einmal halb so alt waren.

Der erste Eindruck war entscheidend, er drängte sich ihr beim Anblick jeder Leiche auf. Komischerweise prägte er sich auch ein.

Schöne Füße! Sie hat schöne Füße! Das war ihr erster Gedanke.

Erst jetzt begann Beate Winterkorn kriminalistisch zu denken. Sie bückte sich zu der an die Klostermauer gelehnten toten Frau und sah den eingeschlagenen Hinterkopf an. Da sie ihn anfassen wollte, streifte sie sich die für solche Anlässe vorgeschriebenen Schutzhandschuhe über. Vorsichtig betrachtete sie nun aus nächster Nähe den Kopf, dann besah sie sich die nackten Füße.

„Wir haben keine Schuhe gefunden“, sagte Kommissar Bernhard so, als müsse er sich rechtfertigen.

„Könnt ihr auch nicht. Sie ist barfuß gelaufen. Man sieht es an den dreckigen Sohlen. Da kleben Sandkörner an den Füßen, und an ihrem rechten Hacken befindet sich ein Rest von frischem Mulch“, stellte Beate Winterkorn fest. Dann stand sie auf.

„Ein Sexualdelikt?“ fragte Bernhard.

„Sieht eher nicht danach aus.“

„Und wenn der Mörder pervers war und ihr die Schuhe geklaut hat?“

„Dann muss er sie doch nicht gleich umbringen, selbst wenn er so drauf ist. Ich glaube eher, dass sie keine Schuhe getragen hat. Sie sieht ein bisschen aus wie ein Hippie. Vielleicht war sie ja eher alternativ drauf. Hier ist sie jedenfalls nicht erschlagen worden, sofern der Schlag auf den Hinterkopf die Todesursache ist, wovon ich mal ausgehe. Der Mörder hat sein Opfer hierhergebracht und an diese Wand gesetzt."

„Das ist die Klostermauer, Frau Winterkorn", berichtigte Bernhard seine Chefin.

„Danke für die Belehrung. Ich hab es aber auch so gewusst."

„Ob der Mörder die Tote mit dem Auto hierhergebracht hat?" überlegte Bernhard laut.

„Dann wird es für uns nicht so leicht, den Tatort zu finden. Jedenfalls gibt es keine Schleifspuren. Entweder ist der Täter groß und stark genug, die Leiche allein getragen zu haben, oder es waren zwei."

„Was sollen wir tun?"

„Heute ist Samstag, und das Wetter ist schön. Hier sind überall Schrebergärten. Viele Pächter werden bestimmt auf ihren Garten gehen. Mobilisieren Sie so viele Kollegen wie möglich. Sie sollen alle Gärten im Umkreis untersuchen, ob sich auf einem grobkörniger Sand und frischer Mulch befindet."

„Aber das sind ja Hunderte, Chefin", gab Bernhard zu bedenken.

„Sandkörner?"

„Nein, Gärten, Frau Winterkorn."

„Wen stört das? Das ist unser Job. Wir suchen die Nadel im Heuhaufen. Fast jeder hier hat eine Hütte in seiner Gartenparzelle. Gestern war Vollmond."

„Ja und?" zuckte Bernhard mit den Achseln.

„Männer! Manch junger Frau kommen da sehr romantische Gedanken. Meinem Mann fällt zum Thema Vollmond bloß ein, dass er dann wieder die halbe Nacht nicht schlafen kann. Dabei schlafen wir nach Norden raus."

„Und was wollen Sie nun sagen mit Ihrem Vollmond?“ hakte Bernhard ungeduldig nach.

„Vielleicht wollte sie mit jemandem auf einem dieser Gärten in der Hütte oder auch draußen Sex haben.“

„Und dann?“

„Dann ist die eifersüchtige Ehefrau gekommen und hat ihr den Kopf eingeschlagen.“

„Wie banal, Chefin!“

„Das älteste Tatmotiv der Welt.“

„Und anschließend haben Ehefrau und Ehemann in holder Eintracht die Leiche hierhergebracht und an die Klostermauer gesetzt.“

„Ich weiß, Herr Bernhard, das ist eine Schnapsidee. Entschuldigen Sie bitte diese plumpen Überlegungen. Etwas hohl, das muss ich zugeben.“

„Also was nun bitte?“

„Die Spusi soll die Dreckreste an den Fußsohlen sicherstellen. Dann durchkämmen etliche Beamte die gesamten Gartenkolonien. Ein Foto der Toten an alle Medien. Wer kennt diese Frau? Vielleicht geht ja auch noch eine Vermisstenmeldung ein. Hatte sie denn keine Papiere bei sich?“

„Wir haben nichts gefunden“, erwiderte Bernhard.

Hauptkommissarin Beate Winterkorn hatte die Aufgaben verteilt und fuhr nun zur Dienststelle in der Friedrich-Voigtländer-Straße.

3

Michael Döblitz war zum Schlafen nach Hause gefahren. Gegen neun Uhr am nächsten Morgen fuhr er zurück zum Schrebergarten, stellte den Wagen auf dem Parkplatz ab und machte sich auf den Weg zu seiner Parzelle. Dabei warf er einen Blick hinüber zur Klostermauer. Da er niemanden sah, konnte er sicher sein, dass die Leiche gefunden und von der Polizei weggeschafft worden war.

Um sich in keiner Weise verdächtig zu machen, ging er geradewegs zu seinem Garten und verschwand in der Hütte.

Michael betrachtete alles mit Argwohn. Er hielt den Personalausweis und den Terminkalender der Toten in den Händen. Beides hatte er einfach auf dem Tisch liegen gelassen.

Plötzlich klopfte es an seiner Tür. Der Gartennachbar kam manchmal vorbei, um sich etwas von ihm zu borgen. Als er öffnete, stand aber ein fremder Mann vor ihm, wünschte einen guten Morgen und teilte mit, dass er von der Kriminalpolizei wäre. Michael Döblitz war wie vom Donner gerührt. Entsetzt schaute er auf den Ausweis und den Terminkalender der Toten. Er begriff in Sekundenschnelle, dass er beides nicht aus der Hand legen konnte. Ebenso wenig durfte er diesen Gegenständen irgendeine Aufmerksamkeit schenken, wenn er sich nicht verdächtig machen wollte.

Der Kriminalbeamte schien jedoch nicht darauf zu achten.

„Was kann ich für Sie tun?" fragte Döblitz mit zitternder Stimme. Ob die Polizei herausgefunden hatte, dass die Tote hier gelegen hatte? Aber wie war das möglich? Er konnte seine Nervosität nicht verbergen und fürchtete, sich verdächtig zu machen. Hätte er doch bloß die Tür nicht aufgemacht! Nun war es zu spät.

„Hier in der Nähe ist heute Morgen eine tote Frau gefunden worden. In diesem Zusammenhang möchten wir uns jeden einzelnen Garten ansehen", sagte der Kriminalbeamte.

Was konnten die suchen? Was hatte Döblitz übersehen?

„Eine Tote? Hier in der Gegend? Was habe ich damit zu tun? Wonach suchen Sie denn? Was wollen Sie denn bei mir finden?" stammelte Döblitz aufgeregt vor sich hin.

„Die junge Frau, die da gefunden wurde, ist ermordet worden. Wir untersuchen jetzt, ob sie vielleicht in einem von diesen Gärten gewesen ist", erklärte der Kriminalbeamte.

„Aber wie wollen Sie das denn rausfinden? Wissen Sie, wie viele Gartenparzellen es hier im Umkreis gibt?"

„Wir sind auf die Mithilfe jedes Einzelnen angewiesen. Dürfte ich mir einfach Ihren Garten einmal ansehen?"

„Muss ich dem zustimmen? Doch wohl nur, wenn ein richterlicher Bescheid vorliegt."

„So lauten die Gesetze. Gegen Ihr ausdrückliches Einverständnis darf ich mich nicht auf Ihrem Grundstück aufhalten und gehe sofort wieder."

„Dann machen Sie das! Hier finden Sie sowieso nichts."

„Ich bitte um Entschuldigung, dass ich gestört habe. Ach, eine Frage noch. Sie haben da frischen Mulch gleich neben der Eingangspforte. Man kann es ganz deutlich riechen. Ich möchte das auch gern für meinen Garten. Wo kann man so was am besten kaufen?"

„Ich glaube, ich habe das vom Gartencenter an der Otto-von-Guericke-Straße."

„Muss ich mir merken. Besten Dank und schönen Tag noch." Der Kriminalbeamte ging fort und betrat den Nachbargarten mit demselben Anliegen.

Michael Döblitz schaute dem Mann hinterher und anschließend auf jene Fläche in seinem Garten, die er gerade mit Mulch abgedeckt hatte. Weshalb hatte sich der Kriminalbeamte dafür interessiert? Sollte das etwas zu bedeuten haben? War es vielleicht doch falsch gewesen, den Mann fortgeschickt zu haben? Hatte sich Döblitz dadurch unnötig verdächtig gemacht?

Er schaute auf den Personalausweis und den Terminkalender der Toten und bemerkte, wie seine rechte Hand zitterte. Außerdem war sie schweißnass geworden.

Döblitz ging in sein Haus zurück. Er legte die Sachen der Toten auf den Tisch und kramte sein Handy hervor. Er gab eine Nummer ein, hörte wie der Ruf abging und vernahm eine männliche Stimme am anderen Ende.

„Hallo! Ich bin es. Döblitz. Seid ihr verrückt geworden, den jungen Leuten meine Adresse zu geben? Es ist etwas schiefgelaufen, das die ganze Aktion gefährden könnte. Ich habe die Polizei am Hacken. Das hätte nicht passieren dürfen."

Dann beendete er das Gespräch einfach und überlegte, wie er weiter vorgehen sollte. Döblitz ging wieder hinaus in den Garten und hörte dort seinen Gartennachbarn mit dem Kriminalbeamten sprechen. Er schaute verstohlen zum Nachbargrundstück hinüber. Das schlechte Gewissen begann ihn zu plagen. Es befremdete ihn, mit welcher Bereitwilligkeit sein Gartennachbar den Polizeibeamten durch ein Meer kräftig blühender Blumen führte.

Er bückte sich und zupfte so lange Unkraut, bis sich der Mann von der Kriminalpolizei von seinem Nachbarn verabschiedet hatte. Als er gegangen war, suchte der das Gespräch mit Döblitz, indem er ihn bat, an den Gartenzaun zu kommen.

Mit einem mulmigen Gefühl im Bauch folgte Döblitz der Bitte. Sein Nachbar war ein schlanker Mann mit vollen weißen Haaren, der ein faltiges, aber von der Sonne stark gebräuntes Gesicht hatte. Die siebzig musste er längst hinter sich gelassen haben. Der hagere Mann blickte stets mit einem vorwurfsvollen Ausdruck aus seinen wässrigen hellblauen Augen. Er hinterließ bei Döblitz den Eindruck, als wäre er ein Allwissender, in dessen Gegenwart sich auch ein gestandener Mann wie ein kleiner Junge vorkam. Döblitz redete nur das Nötigste mit ihm, versuchte aber stets, freundlich zu bleiben.

„Sie haben ja den Polizisten gesehen, der bei mir war“, sagte der Nachbar in oberlehrerhaftem Tonfall.

„Vorher war er bei mir.“

„Ich weiß. Er hat mich über Sie ausgefragt. Warum haben Sie ihn sich denn nicht auf Ihrem Grundstück umsehen lassen?“ wollte er wissen.

„Ich weiß auch nicht. Ich wollte nicht, dass der mir alles zertrampelt.“

„Der hat doch nichts zertrampelt. Er hat sich etwas umgesehen und nichts gefunden.“

„Vielleicht war das unklug von mir. Ich hätte ihn wohl besser reinlassen sollen. Was wollte er denn von Ihnen wissen?“

„Ob Sie immer so ein Piesepampel wären.“

„Und was haben Sie geantwortet?“

„Sonst eigentlich nicht. Ich konnte Ihre Ablehnung nicht so recht verstehen. Der Mann hat mir aber ein Bild von der Toten gezeigt.“

„Ein Bild? Wozu?“

„Er hat gefragt, ob ich die junge Frau schon einmal gesehen hätte.“

„Und? Haben Sie?“

„Gestern Abend. Die hat vor Ihrem Garten gestanden und immer über den Zaun geguckt.“

„Was?“ Döblitz war entsetzt. „Haben Sie das dem Kommissar gesagt?“

„Nein. Ich dachte, ich würde Sie damit unnütz in Schwierigkeiten bringen.“

„Vielen Dank. Das ist sehr rücksichtsvoll von Ihnen. Aber weshalb soll ich Schwierigkeiten bekommen, weil die besagte Frau vor meinem Garten gestanden und über den Zaun geguckt hat? Die kann ja überall gestanden haben. Ich habe doch mit dieser Frau nichts zu tun. Ich kenne sie ja überhaupt nicht.“

„Das sagen Sie, obwohl der Kommissar Ihnen gar kein Bild von der Toten gezeigt hat?“

„Haben Sie sie denn gekannt?“

„Nein.“

„Also! Sehen Sie! Warum sollte ich sie dann kennen? Am Ende heißt es noch, ich hätte sie umgebracht.“

„Auf diesen Gedanken wäre der Polizeibeamte vermutlich auch gekommen, wenn ich ihm gesagt hätte, dass das Mädchen gestern Abend hier war.“

„Vielen Dank für Ihre Rücksichtnahme. Ich mache Ihnen das gerne wieder recht und komme Ihnen irgendwie entgegen.“

Döblitz wendete sich ab und kniff sich ins Kinn.

„Ich habe sogar gesehen, dass das Mädchen barfuß gewesen ist“, rief der Gartennachbar hinter Döblitz her, der sich jedoch nicht noch einmal zu ihm umdrehte, sondern einfach in seinem Gartenhaus verschwand.

Dort sah er den Ausweis und den Terminkalender auf dem Tisch liegen und wusste, dass er beides um jeden Preis loswerden musste.

4

Rebecca Heinze hatte die halbe Nacht kein Auge zugemacht. Gegen neun Uhr morgens verließ sie ihr zerwühltes Bett und ging in ihre unaufgeräumte Küche. Es war Samstag, und ihren Kühlschrank zeichnete eine gähnende Leere aus. Sie fand nicht einmal etwas zum Frühstücken, was sie aber nicht störten, da die schrecklichen Ereignisse der zurückliegenden Nacht ihr jeden Appetit raubten.

So öffnete sie zunächst alle Fenster ihrer Dreizimmerwohnung, damit frische Luft ihren Wohnbereich durchdringen konnte.

Noch immer schien Rebecca nicht so recht zu begreifen, was ihr überhaupt widerfahren war. Zeitweise glaubte sie an einen Albtraum.

Dann ging ihr pausenlos dieser seltsame Mann durch den Kopf, von dem ihr weder Nachname noch Adresse bekannt war. Nicht einmal die Autonummer hatte sie sich gemerkt.

Sie war über sein Inserat auf einer einschlägigen Seite im Internet gestolpert. Ihre Freundin hatte ihr das schmackhaft gemacht. Die ganze Angelegenheit einer solchen Kontaktaufnahme war Rebecca schon immer suspekt gewesen, da ihr natürlich klar war, welche Risiken derartige Unterfangen mit sich brachten.

Ihre Freundin hieß Ilona und schien kein Kind von Traurigkeit zu sein. Sie verabscheute feste Beziehungen und bevorzugte den Nervenkitzel, den anonyme Verabredungen in ihr auslösten. Sie war eine Sammlerin von Eindrücken und erotischen Phantasien, die sie nie bei ihr bekannten Männern auszuleben gewagt hätte. Weniger die vermeintlichen Abenteuer selbst als vielmehr die Erlebnisberichte ihrer Freundin darüber hatten Rebecca in den Bann gezogen und sie empfänglich dafür werden lassen.

Sie wollte Ilona in nichts nachstehen und es selbst einmal ausprobieren. Bewusst hatte sie auf die Annonce eines etwas älteren Mannes geantwortet, da sie sich ein wenig Seriosität erhoffte bei einer Angelegenheit, die diese Eigenschaft wohl kaum aufzuweisen hatte.

Ilona zog auch schamlos mit wesentlich jüngeren Männern durch die Betten und genoss es, gelegentlich die Rolle der Lehrerin übernehmen zu können.

Ansonsten war ihre Freundin eine völlig normale Frau von Mitte dreißig mit krisensicherem Job, die ihr Leben in jeder Weise meisterte. Sie hatte gegen den Flughafenausbau demonstriert und jeden Baum des Querumer Holzes vor den Kettensägen zu retten versucht.

Rebecca mochte sie. Die beiden konnten sich alles sagen und anvertrauen. Obwohl Rebecca gespannt den Schilderungen der Freundin über ihre erotische Abenteuerwelt lauschte, fragte sie sich immer, ob sie ihr nicht einen Bären aufband, um sie zu verunsichern, was einem im wirklichen Leben begegnen konnte oder was sich Ilona in ihrer Unersättlichkeit vielleicht nur ausdachte.

Bei jeglicher Schweinerei, von der sie zu berichten wusste, war auf jeden Fall noch nie eine Leiche ins Spiel gekommen, die es zuvor rasch zu beseitigen galt.

Rebecca war versucht, Ilona davon zu berichten, doch zweifelte sie daran, ob sie ihr den nötigen Glauben schenkte. Im Grunde schämte sie sich auch, dass sie trotz des vielversprechenden Anfangs an jenem Abend keinen Sex gehabt hatte.

Jetzt konzentrierte sich Rebecca auf ihr merkwürdiges Date mit Michael und auf die Tote. Warum wollte dieser Mann keine Polizei holen? Glaubte sie Michaels Blicken entnommen zu haben, dass er die Tote kannte? Wie war die junge Frau überhaupt in sein Haus gekommen? Weshalb und von wem war sie dort erschlagen worden?

Rebecca fragte sich außerdem, ob sie sie wohl schon gefunden hatten. Sie sah auf ihre Armbanduhr. Natürlich musste sie längst gefunden worden sein.

Eine weitere Frage begann Rebecca zu quälen. Sie bohrte sich irgendwie in sie hinein. Würde es diesem Michael gelingen, durch das Fortschaffen der Leiche unbehelligt zu bleiben? Konnte sie, Rebecca, wirklich aus der Sache herausgehalten werden?

Er kannte auch ihren Nachnamen und ihre Adresse nicht. Doch auf seinem Computer befanden sich mit ziemlicher Wahrscheinlichkeit noch die Mails, die sie ihm geschrieben hatte.

Rebecca schien der Verzweiflung nah. Sie entschloss sich, Ilona anzurufen, ihr alles zu erzählen und sie um Rat zu fragen.

Die Freundin nahm den Hörer ab und zeigte sich sehr verwundert darüber, dass Rebecca sie schon zu so früher Stunde von sich zu Hause aus anrief. Trotzdem überfiel Ilona sie mit sehr ins Detail gehenden Fragen. Sie schien vor Neugier regelrecht zu platzen, während Rebecca im Angesicht der Ereignisse angewidert über diese Art der Kommunikation war.

Sie verspürte wenig Lust, ihr die Wahrheit über den missglückten Abend aufzutischen, nachdem Ilonas Interesse ausschließlich jenen Intimitäten galt, die eine Genießerin dem ungeschriebenen Gesetz folgend besser verschwieg. So wurde Rebecca ziemlich ungehalten und knallte den Hörer einfach auf.

Auch ohne die nächtliche Leiche war ihr klargeworden, dass sie nicht so drauf war und niemals so werden wollte. Tief in ihrem Innern sehnte sich Rebecca nach einem festen Partner, nach Liebe und Geborgenheit. Warum hatte sie sich diesen Blödsinn von der Freundin aufschwatzen lassen?

Ihr Telefon klingelte. Ilona rief zurück, doch sie nahm den Hörer nicht ab.

Sie streckte ihren Kopf zum Fenster hinaus und atmete tief durch.

Plötzlich fiel ihr ein, dass sie den Personalausweis der Toten in den Händen gehalten hatte. Voller Entsetzen musste sie sich eingestehen, ihren Namen vergessen zu haben. Sie wusste lediglich noch, dass sie erst zwanzig gewesen war. Und dann war da noch dieser Terminkalender. Die sonderbare Eintragung am Datum ihres Todestages erschien vor Rebeccas geistigem Auge. Aktion: Einbeiniger Mann. Was hatte das zu bedeuten? Ausweis und Kalender hatte sie Michael gegeben. Was hatte der wohl damit angefangen?

Würde sie jenes Gartenhaus sowie die Stelle, an der sie die Leiche abgelegt hatten, überhaupt wiederfinden? Sie beschloss sich auf die Suche zu begeben.

5

Beate Winterkorn ließ sich in jungen Jahren nicht ganz ohne Stolz einen Putzteufel nennen. Als die Hauptkommissarin die vierzig erreicht hatte und der prallgefüllte Dienstplan ihr immer mehr Zeit und Einsatz abverlangte, stellte sich bei ihr jedoch eine zunehmende Lustlosigkeit im Haushalt ein. Seit einiger Zeit beschäftigten sie und ihr Mann eine polnische Putzfrau, die das Sauberhalten ihres Reihenhauses zur absoluten Zufriedenheit des Ehepaares ausführte.

Beates ausgeprägter Ordnungssinn war für die stets aufgeräumten Zimmer verantwortlich. In ihrem Büro bei der Polizei in der Friedrich-Voigtländer-Straße verhielt es sich genau andersherum. Hier drohte die Kommissarin im Chaos zu versinken. Schön redete sie sich die Angelegenheit mit dem Ausspruch, den sie so liebte, dass ordentliche Arbeit meist in größter Unordnung entsteht.

Da Beate ein ganzes Büro ihr Eigen nannte, brauchte niemand an ihrer Unordnung Anstoß zu nehmen. Sie verstand es gekonnt, immer einen Weg durch das selbst angelegte Labyrinth von Aktenbergen zu finden.

Einer der Kollegen klopfte am frühen Samstagnachmittag an die Bürotür der Hauptkommissarin. Er wurde durch lautes Rufen hereingebeten. Die Absicht seines Besuches bekundete der Mann damit, erste Ergebnisse seiner Befragungsaktion in den Schrebergärten mitteilen zu wollen.

„Und?“ fragte Hauptkommissarin Winterkorn neugierig.

„Ich denke, wir haben ihn.“

„Wen?“

„Den Mann, auf dessen Garten sich die junge Frau unmittelbar vor ihrem Tod aufgehalten haben muss.“

„Das ist nicht Ihr Ernst!“

„Doch mein voller Ernst. Der Mann heißt laut Aussage seines Gartennachbarn Michael Döblitz. Er hat mich von seinem Pachtgrundstück verwiesen. Der grobkörnige Sand und der frische Mulch sind auch so nicht zu übersehen gewesen“, verkündete der Kollege stolz.

„Haben Sie noch etwas herausbekommen?“

„Na klar. Der Gartennachbar war redselig. Er hat ausgesagt, dass das Gartenhäuschen von Döblitz dessen Liebesnest ist. Er bringt in gewissen Abständen, allerdings nur an den Wochenenden, hin und wieder Frauen mit. Immer andere, aber immer blond und deutlich jünger als er.“

„Klasse! Das Mordopfer ist blond und blutjung.“

„Wissen wir schon, wie sie heißt?“ wollte der Kollege dann wissen.

„Wir sind dran“, gestand die Hauptkommissarin, räumte aber ein, dass es nicht so einfach wäre. Bislang seien noch keine brauchbaren Hinweise eingegangen.

„Ich glaube, Sie können für heute Feierabend machen. Die Kollegen sollen aber noch weitersuchen. Man kann ja nie wissen“, sagte Beate Winterkorn.

Der Kriminalbeamte bedankte sich, wünschte noch einen schönen restlichen Samstag und verließ das Büro, um seinen Feierabend einzuläuten.

Beate Winterkorns Telefon klingelte. Ihr Mann fragte erwartungsvoll, ob er sie am heutigen Tage noch einmal zu Gesicht bekommen würde. Doch sie musste ihn mit dem Hinweis auf einen

Mord vertrösten und den Zeitpunkt für ihren Feierabend im Ungewissen lassen.

Sie hatte kaum den Hörer aufgelegt, da klingelte es schon wieder. Nun rief ein Kollege an, der verkünden konnte, bei wem es sich um die Tote handelte. Einer ihrer Lehrer hatte das Foto im Internet gesehen. Ziemlich zeitgleich meldeten die ahnungslosen Eltern sie als vermisst. Beate schrieb den Namen „Meike Sommer" auf einen Zettel. Das Blut schoss ihr in den Kopf. Sie spürte, wie ihr ganz heiß wurde und es ihr den Atem zuschnürte. Nun stand jener Teil ihrer Arbeit bevor, den sie am meisten verabscheute, ja hasste. Sie musste den Eltern die Todesnachricht überbringen und telefonierte zu diesem Zweck mit einem Notfallseelsorger, den sie herzlich bat, sie auf dem schweren Weg zu begleiten.

6

Michael Döblitz saß auf der Gartenterrasse seines Hauses, das er gemeinsam mit seiner Frau bewohnte. Es stand am südlichen Ortsrand der Neubausiedlung Rautheim-West, direkt an der ehemaligen, inzwischen zu einem Fuß- und Radweg umfunktionierten Kreisstraße.

Vor knapp zehn Jahren hatten die Eheleute hier gebaut und das Domizil gemeinsam mit ihrer damals dreizehnjährigen Tochter bezogen. Zu dieser Zeit war die Ehe der beiden noch intakt.

Vor gut vier Jahren war die Tochter nach dem Abitur ausgezogen. Ihrem damaligen Freund verdankte sie den Umzug nach Bielefeld. Der Freund war inzwischen Geschichte, die Wahlheimat der Tochter aber fester Bestandteil in ihrem Leben geblieben.

So kam es, dass Marina Döblitz sie dort in unregelmäßigen Abständen an Wochenenden besuchte und ein bisschen nach dem Rechten sah.

Michael Döblitz verspürte nicht das Verlangen, seine Tochter derart oft sehen zu müssen. Ihm genügte es völlig, wenn sie zu Weihnachten und Ostern zu Besuch kam.

Doch der Fortgang der Tochter blieb nicht folgenlos für die Beziehung der Eltern. Seitdem traf Michael an ebendiesen Wochenenden, wenn seine Frau bei der Tochter in Bielefeld weilte, Verabredungen mit fremden Frauen, deren Bekanntschaft er im Internet suchte.

Er fühlte sich von seiner Frau in keiner Weise kontrolliert und gegängelt. Dass sie seit mindestens zwei Jahren nicht mehr mit ihm geschlafen hatte, schien ihm gleichgültig zu sein. Er kam seinen ehelichen Pflichten nicht mehr nach, und seine Frau Marina forderte sie auch nicht mehr ein.

Als Marina plötzlich auf der Terrasse erschien, erschrak Michael zutiefst, weil er noch gar nicht mit seiner Frau gerechnet hatte.

„Schon zurück?“ fragte er mit einem Ausdruck von Verwunderung im Gesicht.

„Billie hat heute Abend etwas vor. Was soll ich da? Ich bin einfach heimgekommen.“

Marina Döblitz hatte ein niedliches, fast kindliches Gesicht. Ihre langen, strähnigen Haare färbte sie blond. In den letzten vier Jahren hatte sie nicht mehr auf ihre Figur geachtet und beträchtlich zugenommen. Es schien ihr Schutzpanzer zu sein, den sie sich im Angesicht der auseinanderbrechenden Ehe angefuttert hatte.

„Ich hatte gar nicht erwartet, dass du heute zu Hause bist. Freitags und samstags schläfst du doch meistens in unserem Gartenhäuschen.“

„Dieses Wochenende nicht.“

„Hat kein Fisch an deine Angel angebissen?“

„Tu doch nicht so, als wenn dich das interessieren würde.“

„Oh! Dann kennst du mich aber schlecht. Vielleicht solltest du dich besser an unsere Abmachungen halten.“

„Ich halte mich an die Abmachungen.“

„Tust du nicht!“ zischte Marina Döblitz vor sich hin und ging ins Haus zurück.

Michael blieb auf der sonnenbeschienenen Terrasse sitzen und genoss den weiten, klaren Blick über die scheinbar endlosen Felder mit ihren unterschiedlichen Farbtönen. Lang über den Osten erstreckte sich am Horizont der Elm mit seinen drei klassischen Hügeln und einem vierten etwas kleineren. Die Wälder auf dem Höhenzug verliehen ihm ein dunkles und tiefes Grün, das den blauen Himmel hinter sich umso heller erstrahlen ließ.

Michael Döblitz war im Paradies. Doch seine Frauengeschichten hatten ihn daraus vertrieben. Das H zwischen den beiden E im Wort EHE stand nun nicht mehr für „Himmel“, sondern für „Hölle“. Alles hätte so schön sein können, aber die Glückseligkeit war verflogen.

Die Tote im Gartenhäuschen erwähnte er seiner Frau gegenüber nicht mit einem einzigen Wort. Er fühlte sich auch vor der Polizei verhältnismäßig sicher. Welch grauenvolle Fehleinschätzung seiner im Grunde äußerst prekären Situation!

7

Das Ehepaar Sommer wohnte in einem der Häuser aus der Gründerzeit an Braunschweigs Prachtstraße – der Jasperallee. Sie bildet eine Ost-West-Achse zwischen Nussberg und Staatstheater und kreuzt etwa auf der Hälfte ihrer Länge den Ring, der genau an diesem Knotenpunkt seinen Namen wechselt von Altewiekring in Hagenring.

Sommers wohnten außerhalb vom Ring gegenüber der Paulikirche. Dieses östliche Ringgebiet gehört zur sogenannten besseren Wohnlage der Stadt. Die Mietpreise verraten es einem.

Hauptkommissarin Winterkorn traf sich dort mit der Notfallseelsorgerin Pastorin Eva Weinzierl.

Brigitte Sommer öffnete ihre Wohnungstür langsam und mit einem Gefühl von Unbehagen. Als Beate Winterkorn die Notfallseelsorgerin und sich selbst vorstellte, rief Brigitte Sommer mit durchdringendem Schrei nach ihrem Mann Rolf. Zu Recht schien sie Schlimmstes zu befürchten. Der Ehemann war sofort zur Stelle. Er war groß und hager mit kurzem, graugelocktem Haar. Noch bevor die Hauptkommissarin ein einziges Wort aussprach, krallte sich Frau Sommer am Körper ihres Mannes fest.

Als Beate Winterkorn die schreckliche Nachricht über die Lippen gegangen war, begann die Mutter zu schreien. Hauptkommissarin und Seelsorgerin hielten es für besser, den Notarzt zu konsultieren.

Nachdem der eingetroffen war, verließ Beate Winterkorn die Trauerwohnung, in der die Seelsorgerin und der Arzt sich noch eine Weile um das Ehepaar kümmerten. Ihr war sofort klar, dass sie die Eltern des Mordopfers zum gegenwärtigen Zeitpunkt keinesfalls vernehmen konnte.

Der Lehrer von Meike Sommer, der ihr Foto im Internet gesehen und die Kripo verständigt hatte, stand noch auf Beates Liste. Ihn wollte sie aufsuchen, weil sich die Kriminalistin neue Erkenntnisse über das Mädchen erhoffte. Wer war Meike Sommer, und was suchte sie in den Gärten in der Nähe der Riddagshäuser Klosterkirche?

Horst Krause wohnte mit seiner Familie, Frau und zwei kleineren Kindern im Alter von zehn und zwölf Jahren in Melverode an der Leipziger Straße. Das Haus lag direkt hinter der Oker, die sich ihren Weg am Südsee entlang bahnte. Nur ein Fußweg und ein Radweg trennten die beiden Gewässer voneinander. Durch das Wohnzimmerfenster konnte der Betrachter den See hinter zahlreichen Büschen durchschimmern sehen und die tiefgrüne Oker, wie sie sich gen Norden schlängelte.

Die Kinder der Krauses tobten hörbar durchs Haus. Die Ehefrau hielt sich in der Stadt auf und wollte Einkäufe tätigen.

So saß Horst Krause mit Beate Winterkorn allein in dem großen Wohnzimmer. Der Lehrer war von kräftiger Statur, wobei er nicht dick wirkte. Seine Stimme klang rau und tief. Der kann sich durchsetzen, dachte Beate sogleich.

„An welcher Schule unterrichten Sie?“ lautete ihre erste Frage.

„Gymnasium Raabeschule.“

„Gleich hier um die Ecke im Heidberg. Da haben Sie es ja nicht weit.“

„Ich kann quasi hinspucken“, lächelte der Gymnasiallehrer.

„Wie lautet Ihre offizielle Dienstbezeichnung?“

„Ich bin Oberstudienrat.“

„Welche Fächer?“

„Deutsch, Geschichte und Politik.“

„War Meike Sommer Ihre Schülerin?“

„Das war sie. Ist sie denn wirklich tot?“

„Leider ja, Herr Krause.“

„Mein Gott! Sie war gerade zwanzig. Hat in diesem Frühjahr Abitur gemacht.“

„Hatte sie einen Freund?“

„Nein. Aber sie war vernarrt in einen dreißig Jahre älteren Mann.“

„Kennen Sie seinen Namen?“

„Nein, tut mir leid. Ich habe mal versucht, ihr das auszureden. Ein Mädchen von zwanzig Jahren mit einem Fünfzigjährigen. Was soll das geben?“ Krause zuckte mit den Achseln.

„Sie hat aber noch bei ihren Eltern gewohnt, nicht wahr?“

„Meike hatte ja auch keinen Freund. Sie hat für diesen wesentlich älteren Mann nur geschwärmt.“

„Herr Krause, was könnte Meike im Gartenverein vor den Toren von Riddagshausen gewollt haben?“

„Keine Ahnung, Frau Kommissarin, wirklich nicht. Wie ist sie eigentlich umgekommen, und wie haben die Eltern reagiert? Mein Gott! Gerade erst habe ich noch mit ihnen beim Abi-Ball zusammengesessen.“

„Sie waren dem Zusammenbruch nah. Meike ist erschlagen worden. Genaueres weiß ich erst nach der Obduktion. Als wir sie gefunden haben, war sie barfuß. Schuhe hat sie offenbar nicht dabeigehabt."

„Sie ist den Sommer über immer barfuß gelaufen. Ein Mitschüler hat sich mal über sie beschwert. Der fand das ekelig. Als ihr Tutor habe ich versucht, das zu unterbinden. Ich habe den Schulleiter eingeschaltet, der sie förmlich gezwungen hat, Schuhe anzuziehen. Sie hat das einfach ignoriert. Dann habe ich die Schulbehörde angerufen. Dort hat man mir mitgeteilt, dass es keine Handhabe dagegen gebe. Es gibt kein Gesetz, das Barfußgehen in der Schule offiziell verbietet. Außerdem, so hat die Behörde argumentiert, sei Barfußlaufen gesund. Es wäre doch kontraproduktiv, Schülern, die freiwillig gesund leben, so etwas zu untersagen. Ich habe es dann aufgegeben. Der Schulleiter übrigens auch."

„Ach!" sagte Beate Winterkorn.

„Vor allem habe ich aber eins begriffen: Wer das Barfußlaufen für sich entdeckt hat, findet Schuhe eher hinderlich. So einem Menschen ziehen sie keine Schuhe wieder an. Sie ist auch zur mündlichen Abiturprüfung barfuß erschienen."

„Ich nehme an, dass diese Tatsache keinen Einfluss auf ihre Leistung gehabt hat. Herr Krause, Sie sind ihr Politiklehrer gewesen. So ein bisschen hat Meike mich an einen Hippie erinnert. Nicht nur wegen des Barfußlaufens. Ist sie ein politischer Mensch gewesen?"

„Durch und durch. Politik fünfzehn Punkte, also eine Eins plus. Sie ist auch auf Demonstrationen gegangen. Sie war in irgend so einem Verband."

„Für oder gegen was hat sie denn demonstriert?" wollte die Ermittlerin wissen.

„Gegen Atomkraft."

„Wieso das? Der Ausstieg scheint doch jetzt perfekt."

„Es hat mit der Asse zu tun gehabt. Und mit dieser Firma in Braunschweig, die den radioaktiven Abfall wieder aufbereiten wollte oder will. Das ist doch durch die Gazetten gegangen.“

„Ich habe es verfolgt. Nur über Einzelheiten bin ich nicht im Bilde“, gestand Beate Winterkorn ein.

„Das wird ja wohl auch nichts mit dem Mord zu tun haben“, meinte Krause.

„So was weiß man nie. Für uns Kriminalisten gilt, jeder Spur nachzugehen und wenn sie noch so abstrus erscheint. Wir müssen immer in alle Richtungen ermitteln.“

„Tun Sie das! Mehr kann ich Ihnen leider nicht sagen.“

„Das war doch schon eine Menge. Ich bedanke mich recht herzlich.“

8

Hauptkommissarin Beate Winterkorn fuhr zurück zur Friedrich-Voigtländer-Straße. Im Flur lief ihr der Kollege Bernhard über den Weg. Dieser schwarzhaarige Mann von Mitte dreißig wirkte immer besonders sportlich auf sie. Er teilte ihr mit, dass die Kollegen einen beträchtlichen Teil der Gartenparzellen zu Gesicht bekommen und vorerst ihre Arbeit beendet hatten. Doch niemand von ihnen schien fündig geworden zu sein.

Beate Winterkorn gab sich trotzdem zufrieden, da ihr Stunden zuvor eine Spur präsentiert worden war, die sie als durchaus heiß einstufte. Doch an diesem Tag wollte sie sie nicht mehr aufnehmen, sondern Feierabend machen.

Die Kriminalistin war schon auf dem Sprung nach draußen, als ihr Telefon klingelte. Sie wurde zu einem weiteren Einsatzort gebeten. Der ersehnte Feierabend verschob sich weiter auf unbestimmte Zeit. Also ging sie zum Parkplatz hinunter und fuhr einmal quer durch die Stadt nach Broitzem. Ihr Ziel war ein Haus in der Straße Steinbrink, wo eine Familie Wedderkopf wohnte. Nach der fraglichen Hausnummer brauchte sie nicht lange zu suchen, da sie annahm, dass es sich wohl nur um jenes Haus handeln konnte, vor dem sich eine entsprechend große Menschentraube aufhielt.

Beate Winterkorn stellte ihr Fahrzeug gegenüber auf dem Bürgersteig ab und schob sich vorsichtig durch die Menschenansammlung hindurch, bis sie im Hof vor dem Hause der Familie Wedderkopf stand.

Die Haustür war weit offen, doch niemand von der Familie schien zugegen zu sein. Die Hauptkommissarin sah, was nicht zu übersehen war. Die blaugestrichene Fassade war mit großen schwarzen Buchstaben besprüht worden: TOD DEN HANDLANGERN DER ATOMSTAATES.

Nun kamen zwei uniformierte Kollegen heraus, die Beate Winterkorn mitteilten, schon ein Protokoll angefertigt zu haben. Da sich die Herrschaften aber nicht mit simpler Streifenpolizei, wie sie es nannten, zufriedengeben wollten, war Beate Winterkorn verständigt worden.

Sie verabschiedete sich kurz von ihren Kollegen und betrat mit einem vorsichtigen „Hallo“ das besagte Haus.

Bei dem Mann, der dann auf sie zugeeilt kam, handelte es sich offenbar um den Hausherrn.

„Was wollen Sie hier?“ fragte er aufgeregt.

„Ich bin von der Kriminalpolizei. Mein Name ist Winterkorn, und Sie haben darum gebeten, jemanden von uns sprechen zu dürfen.“

„Können Sie sich ausweisen?“ fragte der Mann barsch.

Beate nickte, kramte ihren Dienstausweis hervor und hielt ihn dem Mann vors Gesicht.

„Alles klar. Sie müssen entschuldigen, aber ich hatte Angst, dass Sie so eine Tussi von der Presse sind. Sie sehen ja, was da draußen los ist. All die Leute! Wie die Wölfe! Wünschen uns die Krätze an den Hals und freuen sich noch, was da an der Wand zu lesen steht. Früher sagte man ‚Narrenhände beschmieren Tisch und Wände‘, aber das hier ist ja wohl eine etwas andere Qualität.“

„Nachdem Sie nun geklärt haben, dass ich nicht die Tussi von der Presse bin, würde ich vorschlagen, dass Sie mir freundlicherweise Ihren Namen verraten."

„Aber selbstverständlich. Mein Name ist Wedderkopf", sagte er lächelnd und wies der Kommissarin den Weg.

Beate Winterkorn durchschritt ein Haus, das wie ein kleines Schloss ausgestattet und ausschließlich mit Designersachen eingerichtet war. Jeder Sessel und jede Lampe für sich genommen schien ein Vermögen wert zu sein. Beate traute sich kaum, einen Fuß vor den anderen zu setzen. Schließlich nahmen sie in zwei edlen Sesseln Platz.

„Haben Sie einen Verdacht, wer Ihnen den Tod wünschen könnte?" fragte Beate Winterkorn.

„Grundsätzlich jeder."

„Warum ist das so?"

„Sagt Ihnen der Name CeBaTa etwas?" fragte Wedderkopf.

„Nicht direkt."

„Wir haben unseren Firmensitz in Stöckheim. Wir haben der Stadt Braunschweig die Zwischenlagerung und Wiederaufbereitung atomaren Abfalls angeboten, der jetzt aus der Asse zurückgeholt werden soll. Zum ersten Mal auf der ganzen Welt ist ein vermeintliches Endlager wieder aufgebohrt worden. Der alte Salzstock in der Asse droht einzukrachen. Das Zeug muss raus, und es kommt raus. Keiner will es verständlicherweise haben. Keiner kennt die Risiken. Aber jeder hat Angst vor der Strahlung. Nur irgendwo muss man ja damit bleiben. Wir haben uns angeboten, einen Teil der Fässer abzunehmen. Welche Reaktionen das bei Umweltschützern ausgelöst hat, ist ja bekannt. Die Medien tun das ihre, heizen die Atmosphäre richtig an, um nicht zu sagen, sie vergiften sie. Was die aufgebrachte Menge, der Pöbel, daraus macht, können Sie unschwer an unserer Hauswand ablesen."

„Ach, daher weht der Wind. Welche Stellung haben Sie in dieser Firma inne?"

„Ich bin der Boss. Es handelt sich bei dieser Firma um mein Eigentum. Ich betrachte die Schmierereien an meiner Hauswand als Angriff gegen unsere Familie. Das ist eine offene Morddrohung. Ich erstatte hiermit Anzeige gegen unbekannt."

„Nicht jeder, der seine vielleicht ja auch bis zu einem gewissen Grad verständliche Wut an eine Wand sprüht, wird gleich zum Mörder", versuchte Beate Winterkorn zu beschwichtigen.

„Ich sehe es anders. Diesmal haben die Atomgegner eine Grenze übertreten. Sie sind eindeutig zu weit gegangen. Für mich haben diese Leute eindrucksvoll demonstriert, wozu sie in der Lage sind. Das ist kriminelles Pack. Gewalt als Mittel zur Durchsetzung der eigenen egoistischen Interessen. Ich will nicht sagen, dass ich der barmherzige Samariter bin. Aber mein Angebot an die Stadt ist auch für mich wegen der unkalkulierbaren Risiken nicht ganz ungefährlich. Wir leben doch alle im Braunschweiger Land. In dieser schwierigen Situation zu helfen, bedeutet für mich lokalpatriotische Pflichterfüllung."

„Ich nehme mal an, dass Sie die Transaktion auch nicht ganz umsonst über die Bühne ziehen würden", gab die Kommissarin zu bedenken.

„Das klingt immer so, als sei man ein Verbrecher, wenn man jemandem eine erbrachte Dienstleistung hinterher in Rechnung stellt. Wer macht etwas umsonst? Wir wollen schließlich alle leben und von daher auch etwas verdienen."

„Aber Sie haben doch aus dem Rathaus überhaupt kein grünes Licht für die Transaktion bekommen. Oder sehe ich das falsch?" fragte Beate Winterkorn mit einem Achselzucken.

„Beim ersten Anlauf ist uns eine Abfuhr erteilt worden. Damit geben wir uns natürlich nicht zufrieden. Wir werden weiterkämpfen. Das wissen die da draußen natürlich auch."

„Was erwarten Sie jetzt von uns? Polizeischutz?"

„Ich erwarte als treuer und sehr guter Steuerzahler, dass Sie Ihre Arbeit machen und diese Verbrecher finden und bestrafen."

„Finden steht in unserer Möglichkeit. Bestrafen tun andere."
„Dann finden Sie sie gefälligst."

9

Abgespannt fuhr Beate Winterkorn nach einem anstrengenden Arbeitstag nach Hause. Ihre Füße taten weh, und sie empfand es als ungeheure Wohltat, ihre Turnschuhe ausziehen zu können. Beates Gedanken kreisten um das junge bedauernswerte Mordopfer. Sie dachte an dessen Steckenpferd des Barfußlaufens und glaubte zwischenzeitlich selbst, große Vorzüge darin zu sehen.

Ihr Mann Jens lag auf dem Sofa und sah fern. Er war nicht größer als sie, trug aber trotz ansonsten schlanker Figur einen mächtigen Bauch vor sich her. Sein Haar war voll, aber stark ergraut. Die Sportschau flimmerte über den Bildschirm. Mit Mühe ließ er sich zum Essengehen überreden, da Beate keine Lust verspürte, nach getaner Arbeit noch selbst etwas anzurichten.

Jens wusste nur zu gut, dass er bezahlen durfte, wenn sie ihn zum Essen einlud. Das ging für ihn in Ordnung. Er war des Kochens nicht mächtig. Diesen Part übernahm Beate wie selbstverständlich mit großer Regelmäßigkeit, so dass Jens es nur gerecht fand, wenn er den Zahlemeister als Revanche im Restaurant spielte.

Ihr gemeinsamer Samstagabend entschädigte sie für ihre Arbeit und ihn für das Alleinsein und zu langes Warten.

Nachdem beide gut im Blockhouse am Theater gespeist hatten, ließen sie sich bei schönem Wetter durchs Städtchen treiben und verweilten draußen vor allerlei unterschiedlichen Kneipen mit vielen gutgelaunten Menschen und gaben sich bei Bier und Wein ausgelassen.

Am Sonntagmorgen schliefen sie aus. Während Jens vom nahegelegenen Stadtbäcker Milkau frische Brötchen besorgte, kochte Beate Kaffee und Eier und deckte den Frühstückstisch.

Pünktlich zum Sonntag traf der Wetterwechsel den Unmut der meisten Menschen. Der Sonntag gab sich grau, regnerisch und kühl.

Während ihres ausgedehnten Frühstücks besprachen sie den Tag. Beate dominierte hier beim Einbringen von Vorschlägen und erwartete stillschweigend die Zustimmung von Jens.

Da er keine besseren Ideen präsentieren konnte, widersprach er nicht und zeigte sich einverstanden.

So kamen beide überein, zunächst zum Friedhof zu gehen und anschließend im Pflegeheim vorbeizuschauen. Am Nachmittag wollte sich Beate mit ihrem Kollegen Bernhard treffen und mit ihm gemeinsam nach Göttingen fahren. Dort wurde die Leiche von Meike Sommer obduziert, und der Pathologe hatte tags zuvor telefonisch die Bekanntgabe des Ergebnisses seiner Untersuchungen für den Sonntagnachmittag angekündigt.

Zweimal im Monat betraten Beate und Jens Winterkorn den Braunschweiger Hauptfriedhof an der Helmstedter Straße. Das Grab lag unweit vom Eingang entfernt.

Beate hatte zuvor gegenüber vom Parkplatz des Friedhofes in einer Gärtnerei einen Strauß Blumen gekauft. Als sie das Grab erreichten, entfernte Beate die welken Blumen aus der Vase vor dem Grabstein und ersetzte sie durch die frischen, während ihr Mann den Schirm über sie hielt. Dabei starrte er gedankenverloren auf den Stein: CARSTEN WINTERKORN *15.02.1997 †13.03.2009

Beate brachte die welken Blumen zum Container und kam zurück. Sie hakte sich bei ihrem Mann unter und kuschelte sich an.

Die Eltern verharrten einen Augenblick wortlos, bis Beate das Schweigen durchbrach und feststellte: „Er wäre jetzt sechzehn. Bestimmt hätte er eine niedliche Freundin, mit der er gestern Abend ausgegangen wäre."

Dann schwiegen beide wieder eine Weile, bis sie sich von ihrem Sohn verabschiedeten.

Ihr nächstes Ziel war das Pflegeheim an der Ottenroder Straße. Manchmal fuhr Beate allein hierher, gelegentlich nahm sie jedoch Jens mit.

Die Frau, die sie dort besuchten, tat Beate einfach leid. Sie hieß Hanna Baum und zählte achtundvierzig Jahre. Eine Hochleistungssportlerin war sie mit zwanzig gewesen. Als sie die dreißig überschritten hatte, befiel eine heimtückische Krankheit ihren Körper und begann ihn Stück für Stück außer Gefecht zu setzen.

Zuerst hakte sie mit dem linken Fuß überall hinter und stolperte. Manchmal schlug sie auch der Länge nach hin. Irgendwann suchte sie einen Arzt auf, der multiple Sklerose diagnostizierte. Seitdem ging es immer weiter bergab mit ihr.

Zunächst reichte ein Handstock zum Gehen aus. Später benötigte sie eine Gehhilfe, dann zwei. Als auch der andere Fuß zu lahmen begann, benutzte Hanna einen Rollator. Als sie in den Rollstuhl kam, konnte sie diesen noch mit den Händen vorwärtsbewegen.

Dann legte die grausame Krankheit ihre Hände lahm, und letztlich konnte sie nur noch das Bett hüten und war jeglicher Fähigkeit sich zu bewegen beraubt. Ihr Herz schlug tapfer und wartete geduldig, bis die Krankheit es auch lähmen würde und Hanna das letzte bisschen Leben nähme, das ihr noch geblieben war.

Ein knappes Jahr zuvor hatten Hanna und Beate einander kennengelernt. Damals saß die Frau noch im Rollstuhl, musste aber längst geschoben und gefüttert werden. Das Stadium der Bettlägerigkeit zeichnete sich bereits ab.

Hanna wusste einen lieben, treusorgenden Ehemann an ihrer Seite, der stets und ständig für sie da war, nie klagte und das Schicksal seiner Frau tapfer ertrug – ein Schicksal, das längst sein eigenes geworden war.

Dieser Mann von fünfzig Jahren schien die Gutmütigkeit selbst zu sein. Die Liebe zu seiner Frau ertrug buchstäblich alles. Diese Aufopferung wurde von tiefem Glauben getragen. Gott schien bei den Eheleuten zu sein und sie in besonderer Weise zu segnen. Bis jener verhängnisvolle Tag vor knapp einem Jahr kam. Es war ein Dienstag, sommerlich heiß, der 28. August.

Ralf Baum war zum Einkaufen aufgebrochen. In dieser Woche hatte er sich Urlaub genommen und wollte seinen Garten hinterm

Haus auf Vordermann bringen. Er war mit dem Auto, einem Opel, zum Supermarkt gefahren, um die für die nächsten Tage notwendigen Lebensmittel zu besorgen.

Das war das Letzte gewesen, was Hanna von ihm hörte und sah. Er verschwand spurlos und hinterließ nicht ein einziges Lebenszeichen. Nicht einmal sein Auto konnte gefunden werden. Im Supermarkt war er niemals angekommen.

Beate Winterkorn war damals mit dem Fall betraut gewesen. Bis zum heutigen Tage war es für sie unverständlich, dass ein Mensch spurlos verschwand und niemals wieder auftauchte.

Immer musste sie an den Pastor denken, der sie vor rund dreißig Jahren konfirmiert hatte. Ihr ging die Geschichte vom verlorenen Schaf durch den Kopf, das sein Hirte suchte, dafür die übrige Herde stehen ließ und schließlich fand, um es stolz zu den anderen zurückzubringen. Sie sah das Lachen im Gesicht des Pfarrers deutlich vor Augen, als er die glückliche Rückkehr des verlorenen Schafes ansprach und den Vergleich mit dem Menschen ins Spiel brachte. Gott kümmert sich um jeden von euch, damit ihm ja niemand verloren gehe. Und dann das!

Wie war es möglich? Wie konnte das sein?

Von dem Zeitpunkt an fühlte Beate sich zu der kranken Hanna Baum hingezogen und mitverantwortlich für ihre düstere Zukunft.

Warum war er gegangen? Hatte er das Siechtum seiner Frau doch nicht mehr ertragen können? War er einfach davongelaufen?

Beate und Jens setzten sich ans Bett, in dem die kranke Frau lag und sie aus ängstlichen Augen ansah. Sie wusste, dass der Tod nicht mehr fern war.

Beate streichelte Hanna über die Wange und lächelte sie zuversichtlich an. Dabei fürchtete sie immer die obligatorische Frage von Hanna, ob es vielleicht doch irgendetwas Neues oder so etwas wie eine Spur von ihrem Mann gebe.

„Nichts. Gar nichts“, musste Beate sie vertrösten.

„Ich bin sicher, dass es meinem Mann gut geht. Er wird ein Plätzchen auf dieser Welt gefunden haben, wo er leben kann. Und vielleicht hat er eine nette, gesunde Frau an seiner Seite."

Beate schossen die Tränen in die Augen, und sie konnte sie kaum unterdrücken. War der Gedanke für die kranke Frau wirklich beruhigend, ihren Mann als Partner einer anderen zu vermuten? Die Hauptkommissarin stellte andere Überlegungen an, die alle in derselben Frage mündeten: War Baum nicht doch einem Verbrechen zum Opfer gefallen?

Ein bisschen blieben sie noch sitzen, dann verabschiedeten sie sich. Als die beiden mit dem Auto nach Hause fuhren, gestand Beate ihrem Mann: „Ich bin Kriminalistin geworden, weil ich jene Rätsel lösen möchte, die von Menschen aufgegeben werden. Ich will helfen, dass Antworten auf Fragen gefunden werden, auf die man von allein nicht kommt, damit Menschen nicht den Glauben an den Sinn verlieren."

„Gibt es diesen Sinn im Leben wirklich, Beate?"

Sie setzte ihren Mann zu Hause ab, gabelte an einem verabredeten Ort ihren Kollegen Bernhard auf und fuhr mit ihm zur Pathologie ins rund hundert Kilometer entfernte Göttingen.

Doktor Weber hatte die Tote obduziert. Sie lag auf dem Untersuchungstisch, als würde sie friedlich schlafen.

„Todesursache ist eindeutig der kräftige Schlag mit einem schweren, vielleicht auch spitzen Gegenstand auf den Hinterkopf."

„Ein Schlag, der so kräftig gewesen ist, dass ihn nur ein Mann ausgeführt haben kann?" fragte Beate Winterkorn.

„Schwer zu sagen. Bei entsprechender Wucht könnte es auch eine Frau getan haben."

„Ist das Opfer sexuell missbraucht worden?" wollte Kommissar Bernhard wissen.

„Nein. Ich habe auch keine weiteren Verletzungen gefunden. Aber das Mädchen war schwanger."

„Wie bitte?" Beate Winterkorn war überrascht.

„Da staunen Sie, was? Im dritten Monat schwanger", sagte der Pathologe.

10

Vom Wochenende war Hauptkommissarin Winterkorn nicht sonderlich viel geblieben. Ihr Mann konnte sich durchaus auch allein beschäftigen. Die Problematik, dass seine Frau arbeiten musste, wenn er frei hatte, war nicht neu für ihn.

So rasselte am Montagmorgen der Wecker, und beide standen zeitgleich aus dem Bett auf. Beate schmierte ihrem Mann und anschließend sich selbst ein Frühstücksbrot und legte ihm liebevoll die aufgeschnittenen Spelten eines Apfels mit in seine Brotdose.

Jens Winterkorn frühstückte nach dem Duschen eher nebenbei und überflog die Tageszeitung. Beate trank nur zwei Tassen Kaffee und aß erst im Büro etwas.

Sie verließen gemeinsam das Haus und fuhren in ihren Autos zum Dienst. Jens war Lehrer am Gaußgymnasium. Diese Schule trägt ihren Namen nach dem wohl berühmtesten Sohn der Stadt, der einer der bedeutendsten Mathematiker aller Zeiten war.

Wie jeden Morgen stellte Jens Winterkorn seinen Wagen auf dem Löwenwall ab. Schüler wie Lehrer strömten ins Schulgebäude, um den morgendlichen Unterricht pünktlich zu beginnen.

Nach einer Doppelstunde Deutsch in seiner eigenen Klasse ging er ins Lehrerzimmer und beabsichtigte zu frühstücken. Flüchtig grüßte er jene Kollegen, die er vor Unterrichtsbeginn noch nicht gesehen hatte. Ihm fiel auf, dass seine recht attraktive Kollegin Rebecca Heinze ziemlich blass wirkte und völlig übernächtigt aussah. Im ersten Moment dachte er, dass sie krank wäre, mochte sie jedoch nicht darauf ansprechen.

Rebecca Heinze kam auf Jens Winterkorn zu und fragte ihn, ob sie ihn einmal unter vier Augen sprechen dürfte. Sie machte die Angelegenheit ziemlich dringend, so dass Jens nicht zu seinem

Frühstücksbrot griff, sondern mit der charmanten Kollegin in eine ruhige Ecke im Lehrerzimmer ging.

„Was hast du denn auf dem Herzen?“ fragte er sie besorgt.

„Ich kann mit niemandem darüber reden. Aber ich muss. Ich habe am Wochenende eine riesengroße Dummheit gemacht und weiß überhaupt nicht, wie ich aus dieser ganzen Sache wieder rauskommen soll.“

„Wie kann ich dir da behilflich sein?“ zeigte sich Jens leicht unsicher.

„Deine Frau ist doch bei der Kripo. Ich muss sie unbedingt sprechen, Jens.“

„Ich fürchte, dass das im Augenblick äußerst ungünstig ist. Meine Frau ist Hauptkommissarin und hat einen Mordfall an der Backe. Da hat sie immer wenig Zeit. Nicht mal für mich. Sie bearbeitet den Mädchenmord vom Wochenende. Steht doch heute alles in der Zeitung. Vielleicht hast du es gelesen.“

„Ja, habe ich. Um diesen Mord geht es. Deswegen muss ich mit deiner Frau sprechen.“

„Wieso? Was hast du denn mit dem Mord zu tun?“

„Kannst du deine Frau anrufen und sie bitten, dass ich gleich nach der Schule zu ihr kommen kann? Ich habe heute nach der fünften Stunde Schluss.“

„Was soll ich ihr denn sagen?“

„Dass ich eine sehr wichtige Aussage zu machen habe.“

Ungläubig betrachtete Jens Winterkorn seine Kollegin, während er das Handy aus seiner Hosentasche nahm und die dienstliche Nummer seiner Frau wählte.

11

Beate Winterkorn war überrascht, als ihr Mann anrief, um ihr das merkwürdige Anliegen seiner Kollegin mitzuteilen. Ohne zu zögern sagte sie ihm, dass er besagter Kollegin mitteilen sollte, wo sie nach der Schule hinkommen müsse. Beate würde sie erwarten.

Sie hatte sich an diesem Vormittag einen Besuch bei den Eltern des getöteten Mädchens vorgenommen. Kommissar Bernhard betrat das Büro und erhielt den Auftrag, seine Chefin in die Jasperallee zu begleiten.

Bei dieser zweiten Begegnung mit den Eltern spürte Beate eine Art Gottverlassenheit im Hause Sommer. Die Tochter war brutal aus dem Leben gerissen worden. Ihr schrecklicher Weggang schien jeden Lebenswillen von Mutter und Vater mit fortgerissen zu haben. Die Wohnung strahlte Hoffnungslosigkeit und Trauer aus, egal in welchen entlegenen Winkel man schaute. Die Sommers bewegten sich fast mechanisch. So redeten sie auch. Beate ging wohl recht in der Annahme, dass beide unter dem Einfluss starker Medikamente standen.

Kommissar Bernhard, der das Ehepaar zum ersten Mal sah, sprach ihnen sein Beileid aus. Es wirkte nicht echt, sondern mehr wie eine Pflichterfüllung.

„Man hätte die Todesstrafe nie abschaffen dürfen", sagte Rolf Sommer leise vor sich hin, während er den Kriminalbeamten einen Platz anbot.

Sie setzten sich, ohne seine Aussage zu kommentieren. Ihnen war klar, dass Sommer von Schmerz, Wut und Ohnmacht gezeichnet war. In derartigen Situationen galt es, vieles zu verzeihen.

„Frau Sommer, Herr Sommer, ich kann Ihnen Ihre Tochter nicht zurückbringen. Das Einzige, das in meiner Macht steht, ist, dass ich ihren Mörder finde und er angeklagt wird", versuchte Beate Winterkorn tröstende Worte zu finden.

„Sind Sie sicher, dass Ihnen das gelingt?" fragte Brigitte Sommer besorgt. „Die meisten Verbrechen werden doch heutzutage gar nicht mehr aufgeklärt, haben mein Mann und ich erst kürzlich in der Zeitung gelesen", fügte sie mit einem Anflug von Verzweiflung hinzu.

„Das ist leider nicht ganz unwahr“, sagte Beate Winterkorn und dachte an den spurlos verschwundenen Ralf Baum.

Die Hauptkommissarin richtete nun ein paar Fragen an die Eltern. „Hatte Ihre Tochter einen Freund?“

„Nein, das hätten wir gewusst“, gab Rolf Sommer ohne Umschweife zur Antwort.

Beate Winterkorn forderte ihren Kollegen Bernhard auf, den Vater weiter zu befragen und bat die Mutter, mit ihr in die Küche zu gehen.

Etwas verwundert sahen die Sommers einander an, doch dann kam die Mutter des Opfers der Bitte der Kommissarin nach. Die leitete gleich zum eigentlichen Thema über. „Frau Sommer, Ihr Mann hat ziemlich spontan auf meine Frage vorhin geantwortet und ausgeschlossen, dass Ihre Tochter einen Freund hatte. Väter von Töchtern wollen so was ja manchmal nicht wahrhaben. Da spielen gewisse Eifersüchteleien gelegentlich eine Rolle. Deshalb frage ich Sie nun von Frau zu Frau noch einmal. Hatte Ihre Tochter einen Freund?“

„Sie war öfter weg als sonst. Meike ist auch nicht mehr jede Nacht nach Hause gekommen. Aber unseren Fragen ist sie immer ausgewichen. Ich glaube, ihr ist irgendetwas peinlich gewesen.“

„Peinlich? Was würden Sie als Mutter sagen? Eine Mutter spürt doch so was.“

„Ich glaube, dass da jemand in ihr Leben getreten ist, den sie geliebt haben könnte.“

„Aber Sie haben keine Ahnung, wer das gewesen sein könnte?“

„Wirklich nicht.“

Beate Winterkorn umschloss mit ihren Händen die Handgelenke der Mutter und schaute ihr tief in die Augen. „Sie haben recht, Frau Sommer. Ihre Tochter hatte einen Mann, und sie muss ihn sehr geliebt haben. Sie hätte Ihnen bestimmt demnächst von ihm erzählt.“ Jetzt holte Beate tief Luft. Es fiel ihr schwer weiterzusprechen. „Sie war im dritten Monat schwanger.“

Ungläubig sah Brigitte Sommer die Kriminalistin an. Dann kullerten die Tränen. Beate nahm sie in den Arm und dachte an ihren Sohn, und sie verschwieg Meikes Mutter die Tatsache, dass der Schmerz einer Mutter über ihr getötetes Kind nie wieder von ihr weicht. Zeit kann niemals alle Wunden heilen!

Nach einigen Minuten verließen die beiden Frauen die Küche und kehrten zu den Männern ins Wohnzimmer zurück. Meikes Mutter wirkte verweint, während es der Hauptkommissarin gelungen war, ihre Tränen zu unterdrücken. Beate Winterkorn teilte den Eltern das einzig Erfreuliche zwischen all dem zutiefst Unerfreulichen mit. „Ihre Tochter ist nicht missbraucht worden. Sie hat auch nicht gelitten. Sie muss sofort tot gewesen sein."

Dann verabschiedeten sich die Kriminalisten von dem trauernden Paar.

12

Beate Winterkorn konnte nicht sofort zur Tagesordnung übergehen. Sie bat Bernhard, sie in der Stadt abzusetzen und schickte ihn allein zur Dienststelle zurück.

Sie schlenderte durch die ausgedehnte Fußgängerzone und versuchte, sich mit dem wahllosen Blick in die Schaufenster Ablenkung zu verschaffen. Beate musste wieder runterkommen. Von Zeit zu Zeit erfasste sie die Trauer um ihren einzigen Sohn, der auf so tragische Weise in frühsten Jahren sein Leben verloren hatte. Diese Trauer ließ sich nicht verdrängen. Es gehörte zum Leben dazu, zu einem Leben, das durch einen so tiefen Schmerz gekennzeichnet war.

Beate spazierte über den Kohlmarkt. In viele jener Häuser, zwischen denen der Markt seinen Platzcharakter entfaltete, hatten sich Eisdielen oder Cafés eingenistet. Der wolkenverhangene Himmel riss auf, und die anheimelnde Wärme der Sommersonne fand ihren Weg zurück ins Städtchen. Das führte dazu, dass die Restaurantbetreiber draußen Tische und Stühle aufstellten, die die Menschen zum Verweilen einluden. Bunte Eiskugeln in ihren Bechern leuchteten in der Sonne. Beate ging durch die Menschenmenge hindurch.

Auf dem Kohlmarkt steht nicht ganz mittig ein Brunnen. Wasser sprudelt heraus und füllt ein kreisrundes Becken. Auf dem Rand sitzen Menschen, die sich schon am Tag die Zeit mit Alkohol vertreiben. Manchmal sind sie laut, zuweilen auch ungewaschen oder dreckig. Stören tun sie niemanden. Höchstens diejenigen, die sich durch den Anblick von Menschen, denen das Leben selbst abhandengekommen zu sein scheint, gestört fühlen.

Da stand ein Mann von höchstens vierzig Jahren auf Krücken gestützt mit nur einem Bein. Er trug eine Bluejeans. Das rechte Hosenbein war kurzerhand dort abgeschnitten worden, wo sein Stumpf endete. Das Bein war hoch über dem Knie amputiert worden.

Der Mann wirkte schmierig, seine Arme überzogen mit Dreck, die Haare waren voller Pek. Er schwankte zwischen seinen Krücken. Das eine ihm verbliebene Bein vermochte die Schwankungen nicht auszugleichen, die er dem Alkohol zu verdanken hatte.

Unweigerlich drängte sich Beate die Frage auf, ob der Mann wegen des verlorenen Beines zum Alkoholiker geworden war oder ob die Amputation die Folge seiner Lebensweise war.

Beate Winterkorn ging weiter durch die Poststraße zum Altstadtmarkt mit seinem beeindruckenden Gewandhaus, der Martinikirche, mit ihren 1980 wieder aufgestülpten Zwillingstürmen und dem nach dem Weltkrieg wiederaufgebauten Altstadtrathaus, in dem sich der vornehmste Saal der Stadt, die Dornse, befindet. Jedes Jahr im Karneval stehen auf diesem Platz Fernsehteams mit ihren Kameras und lassen reich an Kommentaren den größten Karnevalsumzug Norddeutschlands passieren.

Erst kürzlich war der Platz für die Außenaufnahme zu Beginn des Films „Der ganz große Traum“ kurzzeitig umgestaltet worden. An Originalschauplätzen sollte die Geschichte des deutschen Fußballs auf unterhaltsame Weise gezeigt werden, die in Braunschweig ihren Anfang nahm.

Weder Karneval noch Fußball interessierten Beate Winterkorn. Sie stand auf dem Altstadtmarkt an der Haltestelle und wartete auf die Buslinie 413, mit der sie einmal quer durch die Stadt zu ihrer Dienststelle in der Friedrich-Voigtländer-Straße fahren wollte.

Sie traf rechtzeitig am frühen Nachmittag dort ein, um die Kollegin ihres Mannes in Empfang zu nehmen.

Als Beate die Studienrätin von der Gaußschule sah, war sie zunächst erstaunt. Sie hätte es nie für möglich gehalten, dass so attraktive Lehrerinnen an einem Gymnasium herumliefen. Vorher hätte sie nicht einen Gedanken daran verschwendet, eventuell eifersüchtig sein zu müssen, wenn ihr Mann zu seiner Schule ging. Das musste sie wohl noch einmal gehörig überdenken.

Allerdings sah die blonde Schönheit stark angegriffen aus. Den Grund hierfür verriet sie der Kommissarin umgehend.

„Ich muss Sie dringend sprechen. Ich habe eine ganz große Dummheit begangen ...“, begann Rebecca Heinze ihre Ausführungen.

Sie erzählte die missglückte Geschichte von ihrem One-Night-Stand am vergangenen Freitagabend inklusive Leiche.

„Und Sie haben die Tote einfach zusammen hinausgetragen?“ fragte Beate nach.

„Werde ich jetzt meinen Job als Lehrerin verlieren? Habe ich mich eines Verbrechens schuldig gemacht?“

„Zunächst einmal finde ich es toll, dass Sie zu mir kommen, um mir bei der Aufklärung eines Verbrechens behilflich zu sein. Wenn Sie ansonsten nichts mit der Sache zu tun haben, werde ich Ihnen keinen Strick aus der Angelegenheit drehen und die Tatsache, dass Sie erst heute aussagen, nicht gegen sie richten. Vielleicht sind Sie wirklich nur in etwas hineingeraten. Doch das werde ich überprüfen müssen.“

„Natürlich. Die Tote hatte einen Personalausweis bei sich. Ich habe ihren Namen gelesen, doch ich habe ihn wieder vergessen.“

„Macht nichts. Wir wissen längst, wie die Tote heißt. Was haben Sie mit dem Personalausweis der Toten gemacht?“ wollte die Hauptkommissarin wissen.

„Ich habe ihn Michael, also dem Mann zurückgegeben. Seinen Nachnamen weiß ich auch nicht.“

„Würden Sie den Garten wiederfinden?“

„Es ist zwar dunkel gewesen, aber ich glaube schon.“

„Dann lassen Sie uns gemeinsam dorthin fahren“, schlug Beate Winterkorn vor.

Eine halbe Stunde später standen die beiden Frauen vor dem fraglichen Garten und schauten auf das Blockhaus.

Rebecca Heinze begann am ganzen Körper zu zittern. Die Schrecken der Nacht steckten ihr noch sehr in den Gliedern.

„Wir wissen inzwischen auch, um wen es sich bei dem Pächter dieses Gartens handelt. Wir kennen den Nachnamen von diesem Michael und damit auch seine Adresse. Durch Ihre Aussage habe ich jetzt endlich etwas Handfestes, womit ich den Mann konfrontieren kann. Ich werde ihn heute am frühen Abend aufsuchen.“

„Wird der Mann mir Scherereien machen?“ sorgte sich Rebecca.

„Zunächst einmal hat er die Scherereien, denke ich“, versuchte die Hauptkommissarin die Zeugin zu beruhigen. „Glauben Sie, dass er die Tote gekannt hat?“

„Das würde ich nicht ausschließen wollen. Weshalb wollte er sie unbedingt los sein und auf keinen Fall Polizei benachrichtigen?“

„Genau das frage ich mich auch.“

„Ich frage mich noch etwas anderes, Frau Kommissarin. Kann er der Mörder sein?“

„Halten Sie das für logisch? Ein Mann reißt eine Frau auf, um mit ihr was zu erleben. Er fährt mit ihr in sein Liebesnest, obwohl er weiß, dass dort eine Frau liegt, die er zuvor selbst umgebracht hat?“ gab Beate Winterkorn zu bedenken.

„Nein. Logisch ist das wirklich nicht.“

Die Hauptkommissarin schlug vor, zu ihrer Dienststelle zurückzufahren. Rebecca Heinze hatte ihr sehr weitergeholfen, und sie beabsichtigte nicht, ihr eins reinzuwürgen, weil sie geholfen hatte, die Leiche zu beseitigen und sich erst drei Tage später bei ihr gemeldet hatte. Schließlich war sie aus freien Stücken gekommen. Vielleicht hätte Beate sie ansonsten nie ermittelt, und die Lehrerin wäre unbehelligt geblieben.

So gingen sie zu Beates Dienstwagen, den sie in der Straße Klostergang abgestellt hatte.

Die beiden Frauen marschierten über die mit Kopfsteinpflaster angelegte Straße an der Stelle, wo Rebecca mit Michael die Tote abgelegt hatte, vorbei. Danach ließen sie Klosterkirche und Zisterzienserkloster rechts liegen und unterquerten den Torbogen.

Bevor sie ins Auto einstiegen, sagte Rebecca plötzlich über das Wagendach hinweg: „Da war noch etwas."

„So? Was denn?" fragte die Hauptkommissarin.

„Ein Terminkalender mit einer Eintragung."

„Was für eine Eintragung?"

„An jenem Datum, an dem wir die Leiche gefunden haben, stand in ihrem Terminkalender: ‚Aktion: Einbeiniger Mann'."

„Einbeiniger Mann? Was hat das zu bedeuten?"

Rebecca zuckte ratlos mit den Achseln.

13

Hauptkommissarin Winterkorn hatte Kommissar Bernhard zu sich ins Büro gebeten. „Es wird nun höchste Zeit, lieber Kollege, dass wir Herrn Döblitz einen Besuch abstatten. Ich möchte Sie dabeihaben. Die fragliche Adresse habe ich herausgesucht. Er lebt mit seiner Frau im Neubaugebiet in Rautheim."

„Wie wollen wir vorgehen?"

„Der Mann soll sich zunächst in Sicherheit wiegen. Dann konfrontieren wir ihn Stück für Stück mit dem, was wir wissen. Vielleicht wird er sich beeindruckt zeigen und reden.“

„Auch wenn er der Mörder ist?“

„Der ist nicht der Mörder. Aber vielleicht weiß er was ... Lassen Sie uns erst einmal zu ihm fahren“, schlug Beate Winterkorn vor.

„Und wenn er nicht zu Hause ist?“ fragte Bernhard.

„Dann warten wir, bis er kommt.“

Er war noch nicht zu Hause. Dafür aber trafen die Kriminalbeamten auf seine Frau, die die Tür öffnete und ihre Besucher verwundert ansah.

„Habe ich richtig gehört? Kriminalpolizei?“

„Hier sind unsere Ausweise. Mein Kollege Bernhard, ich heiße Winterkorn.“

„Und Sie möchten wirklich meinen Mann sprechen?“

Beide nickten.

„Dann kommen Sie bitte herein. In etwa einer halben Stunde müsste er von der Arbeit nach Hause kommen. Sie können draußen auf unserer Terrasse Platz nehmen. Man sitzt dort sehr schön. Mein Mann und ich genießen immer den herrlichen Ausblick. Ich setze mal Kaffee für uns alle auf. Sie mögen doch Kaffee?“

Die beiden nickten und ließen sich von der Hausherrin auf die Terrasse führen. Marina Döblitz verschwand für einige Zeit im Haus und betrat die Terrasse mit Kaffeegeschirr. Später holte sie die Kanne und schenkte jedem eine Tasse ein.

„Darf ich fragen, in welcher Angelegenheit Sie meinen Mann sprechen möchten? Ist er zu schnell gefahren?“ eröffnete Marina Döblitz vorsichtig das Gespräch.

„Wir ermitteln in einem Mordfall“, gab Beate Winterkorn zur Antwort.

„In einem Mord... Und da kommen Sie zu uns? Was soll mein Mann damit zu tun haben?“ entrüstete sich die Hausherrin.

In diesem Augenblick kam Michael Döblitz auf die Terrasse und sah seine Frau fragend an: „Du hast Besuch, Liebling?“

„Nein, du! Herrschaften von der Kriminalpolizei. Ich lasse euch dann mal alleine. Hoffentlich bekommst du keine Schwierigkeiten", antwortete sie ihm mit mahnendem Blick und ging ins Haus. Sie bewegte sich wie eine Schauspielerin, die einen galanten Abtritt von der Bühne hinlegte.

Die Kriminalbeamten stellten sich dem Hausherrn vor, der sich setzte und sich ebenfalls Kaffee eingoss. Er nahm einen kräftigen Schluck. Es wirkte, als wollte er sich innerlich sammeln, ja vorbereiten auf ein Gespräch, das unangenehm für ihn werden könnte. Mit seiner Frage, was die Kriminalbeamten von ihm wollten, eröffnete er die Unterhaltung.

„Einer unserer Kollegen war vorgestern bei Ihnen auf Ihrem Garten und hat Sie gebeten, sich dort ein bisschen umsehen zu dürfen. Es geht um einen Mädchenmord. Wir haben die Leiche unweit Ihres Gartens an der Klostermauer am Kleidersellerweg gefunden. Sie haben es unserem Kollegen nicht gestattet, sich in Ihrem Garten umzusehen", sagte Beate Winterkorn.

„Das muss ich auch nicht. Dazu benötigen Sie einen richterlichen Bescheid. Außerdem hat Ihr Kollege nicht ausdrücklich darauf bestanden."

„Das mag sein. Wenn zu mir jemand käme mit der Bitte um Hilfe, weil in meiner unmittelbaren Umgebung so etwas Schreckliches geschehen ist, würde ich alles in meiner Kraft Stehende tun, das der Aufklärung eines solchen Verbrechens dienlich wäre. Was würden Sie denn denken, wenn ich in Anbetracht einer solchen Sache eine derartige Verweigerungshaltung einnehmen würde?" fragte die Hauptkommissarin.

„Ich nehme an, dass Sie mir mitteilen wollen, dass ich mich dadurch verdächtig gemacht habe."

„Das ist wohl wahr", sagte Kommissar Bernhard und fuhr fort: „Uns liegt die Aussage einer Zeugin vor."

„Da bin ich aber gespannt", lehnte sich Döblitz selbstsicher zurück und nahm gleichzeitig eine Abwehrhaltung ein.

„Sie haben eine Frau kennengelernt und sie mit in Ihr Gartenhäuschen genommen, um sich eine vergnügliche Nacht zu machen“, sagte Beate Winterkorn und wartete gespannt die Reaktion von Döblitz ab.

„Das ist richtig. Die Frau war kurz mit in meinem Gartenhäuschen, schien sich dann aber alles irgendwie anders zu überlegen und wollte plötzlich los. Ich hatte den Eindruck, dass ihr diese Form von Zwischenmenschlichkeit etwas peinlich war. Ich habe sie mit dem Auto wieder fortgefahren“, gab Döblitz als Erklärung ab.

„Da hat nicht vielleicht das tote Mädchen in Ihrem Gartenhaus gelegen?“ tastete sich Bernhard weiter vor.

„Behauptet das diese Frau? Es tut mir leid, aber ich weiß noch nicht einmal, wie sie vollständig heißt.“

„Ja. Sie behauptet das und sagt außerdem, dass sie die Leiche mit Ihnen zusammen aus dem Gartenhaus hinausgebracht hat, um sie an die Klostermauer zu setzen“, hielt die Hauptkommissarin ihm vor.

„Diese Frau phantasiert. Ich konnte mich an dem Abend schon nur schwer des Eindrucks erwehren, dass sie irgendwie nicht ganz richtig im Kopf ist.“

„Die Tote war barfuß. Sie hat keine Schuhe getragen und Reste von Mulch an ihren Fußsohlen gehabt. Haben Sie nicht gerade frischen Mulch auf Ihrem Erdreich im Garten aufgetragen?“ fragte Bernhard.

„Ja. Sie ist bei mir vermutlich auf dem Grundstück gewesen. Der Grund ist denkbar einfach. Die Tür war nicht abgeschlossen. Ich muss es vergessen haben. Mein Gartennachbar hat mir gesagt, dass er gesehen hat, wie das Mädchen vor meinem Garten gestanden und über den Zaun geguckt hat. Ihrem Kollegen hat er das nicht gesteckt, weil er vermeiden wollte, dass ich Schwierigkeiten bekomme. Er kommt manchmal zu mir rüber, um sich was zu borgen. Kann sein, dass er da was wiedergutmachen wollte. Vielleicht ist das Mädchen auf meinem Grundstück gewesen. Vielleicht wollte sie einbrechen. Tot in meinem Haus war sie jedenfalls definitiv nicht", stellte Döblitz klar.

„Was bedeutet ‚Aktion: Einbeiniger Mann'?" wollte Beate Winterkorn wissen.

„Tut mir leid. Keine Ahnung. Was hat das mit der ganzen Angelegenheit zu tun?" zuckte Döblitz mit den Achseln.

„Wir wissen es noch nicht. Dann haben Sie vielen Dank für das Gespräch", sagte die Hauptkommissarin und machte Anstalten zu gehen.

Als Döblitz sie zur Tür geleitete, stand seine Frau den Kommissaren mit dem Rücken zugewandt im Wohnzimmer und verabschiedete sich demonstrativ nicht von ihnen. Ihr Mann kam anschließend zurück und stellte sich wortlos ins Zimmer, bis sie sich zu ihm umdrehte. Mit mahnendem Gesichtsausdruck fragte sie ihn: „Fangen deine jungen Dinger an, dir über den Kopf zu wachsen? Ich sehe dir an, dass du nicht mehr Herr der Lage bist."

„Und das verschafft dir Genugtuung, wie?" brüllte er sie an.

„Ich sehe, wie du kämpfst, und das entschädigt mich für einiges."

„Du widerst mich an. Ehebruch ist ein Vergehen, das im Sinne des Rechts nicht strafbar ist. Aber hier geht es um Mord."

„Mit dem du sicherlich nichts zu tun hast, was du der Polizei doch wohl hoffentlich glaubhaft versichern konntest", sagte sie mit einem überlegenen Lächeln auf den Lippen.

Döblitz verließ das Zimmer und knallte die Tür zu.

Hauptkommissarin Winterkorn und Kommissar Bernhard fuhren zur Dienststelle in der Friedrich-Voigtländer-Straße. Bernhard saß am Steuer.

„Was halten Sie von dem Mann?" fragte sie ihn.

„Ihm musste klar sein, dass die Polizei früher oder später bei ihm vor der Tür stehen würde. Er hatte drei Tage Zeit, alle Eventualitäten durchzuspielen und sich auf all unsere Fragen vorzubereiten, damit er die richtigen Antworten geben kann."

„Und das hat er getan. Er hat zugegeben, was wir ihm nachweisen können. Dass Meike Sommer kurz vor ihrer Ermordung das Grundstück von Döblitz betreten haben muss, hat er als Möglichkeit eingeräumt. Seine Abendbekanntschaft hat er als unentschlossen charakterisiert. Genauso hat sie sich mir gegenüber auch gegeben. Sie hatte etwas vor, wozu sie eigentlich nicht gestanden hat. Wenn sie die Sache mit der Toten im Holzhäuschen nun erfunden hat?“ gab Beate zu bedenken.

„Aber warum? Das wäre ebenso dreist wie unsinnig.“

„Sehe ich auch so. Aber die Geschichte mit dem einbeinigen Mann gibt mir zu denken. Was soll das? Gestern oder vorgestern habe ich am Kohlmarkt einen Schnapsbruder gesehen, der nur ein Bein hatte. Aber ansonsten laufen doch eher selten beinamputierte Männer durch die Straßen.“

„Was hat es auf sich mit dem einbeinigen Mann?“

„Unser ermordetes Mädchen war doch schwanger. Vielleicht handelt es sich bei dem Vater des Kindes um einen einbeinigen Mann“, gab die Hauptkommissarin zu bedenken.

„Und so wie Dr. Kimble den Einarmigen gejagt hat, jagen wir den Einbeinigen – oder wie?“ lachte der Kommissar.

„Wir haben noch eine Baustelle: Die Schmierereien am Haus von diesem Wedderkopf. Darum müssen wir uns auch kümmern.“

„Ich denke, der Mord genießt obere Priorität“, sagte Bernhard.

„Das tut er auch. Doch für heute ist Feierabend. Privatleben muss es ja auch noch irgendwie geben“, beschloss die Hauptkommissarin.

Auf dem Gelände der Polizei stellte ihr Kollege den Dienstwagen ab. Die beiden verabschiedeten sich für diesen Tag voneinander, und Beate fuhr mit ihrem Privatwagen nach Hause.

Dort traf sie auf ihren Ehemann, der vom Hunger geplagt zu sein schien. Er hatte sich gerade eine Tiefkühlpizza in den Backofen geschoben.

„Isst du immer alleine?“ muffelte Beate ihren Mann an, als sie das sah. „Ich habe auch Hunger.“

„Konnte ja nicht wissen, wann du kommst."

„Wozu gibt es Handys? Aber mein lieber Mann hat natürlich keins", verdrehte sie die Augen.

„Ich hab die Pizza doch gerade erst reingeschoben. Ich nehme noch eine aus dem Eisfach und schiebe sie mit dem zweiten Blech hinterher, und dann können wir zusammen essen – einverstanden?"

Beate willigte ein und zog Jacke und Schuhe aus, während ihr Mann sich um die Pizza kümmerte.

Anschließend hatten beide ein bisschen Leerlauf. Beate ging die Kollegin ihres Mannes nicht aus dem Kopf. Er schien aber auch gerade daran zu denken.

„Hat dich meine Kollegin heute gefunden?" lenkte er das Gespräch auf die Angelegenheit.

„Hat sie. Ist ja ganz schön attraktiv, die Frau", merkte Beate an.

„Sieht nicht schlecht aus und ist auch nett", pflichtete Jens seiner Frau bei.

„Kennst du sie näher?"

„Eifersüchtig?" fragte er zurück.

„Habe ich Grund dazu?"

„Nein, Liebling."

„Mich interessiert, ob sie vertrauenswürdig ist. Ob man ihr glauben kann."

„Durchaus. Warum denn nicht?" wunderte sich Jens.

„Weil sie mir eine Geschichte aufgetischt hat, die nicht ohne ist. Der andere, der dabei war, behauptet natürlich das Gegenteil. Ich bin geneigt, ihr zu glauben. Aber kann ich das wirklich?"

„Meine Kollegin sah ziemlich mitgenommen aus. So kannte ich sie nicht. Es muss sie etwas sehr Ernstes umgetrieben haben. Vielleicht hat sie einen Fehler begangen. Das kann jedem Menschen passieren. Aber dass sie mich anspricht, um an dich heranzukommen, das hat sie doch nicht gemacht, um dich zu belügen! Nein, das glaube ich nicht. Was auch immer sie dir anvertraut hat, es muss sich dabei um die Wahrheit handeln."

14

Der nächste Morgen gab sich regnerisch. Allerdings wich die Wärme der Nässe nicht.

Hauptkommissarin Winterkorn und Kommissar Bernhard hatten gerade ihren Dienst angetreten, als sie zu einem dringenden Einsatz in Stöckheim gerufen wurden. Mit Martinshorn fuhren sie einmal quer durch die Stadt. Die Kollegen vor Ort hatten massenweise über Funk Verstärkung angefordert, da eine zunächst friedlich begonnene Demonstration gegen die Zwischenlagerung des aus der Asse zurückzuholenden Atommülls in eine gewalttätige Auseinandersetzung umgeschlagen war. Den Sicherheitskräften drohte alles aus den Händen zu gleiten.

Als die Kommissare Winterkorn und Bernhard den Einsatzort schließlich erreichten, bot sich ihnen ein Bild des Grauens. Reihenweise standen verletzte Polizeibeamte am Rande des Geschehens, die auf ärztliche Versorgung warteten. Auf dem Boden lagen vereinzelt Demonstranten oder Unbeteiligte, die in das Geschehen hineingezogen worden waren, und wälzten sich vor Schmerzen. Noch immer flogen Steine. Wütende Schreie von allen Seiten. Offener Straßenkampf.

Beate Winterkorn und Lukas Bernhard sprangen aus ihrem Wagen, blieben jedoch in der Deckung des Fahrzeuges und zogen ihre Waffen. Dann feuerten beide in die Luft.

Nun flüchteten die gewalttätigen Demonstranten in alle Richtungen. Allmählich kehrte Ruhe ein, durch die die Martinshörner der Krankenwagen hörbar wurden, die jetzt nach und nach eintrafen.

Die Demonstration fand direkt vor und auf dem Gelände der Firma CeBaTa statt. Winterkorn und Bernhard liefen in das Gebäude hinein. Noch immer fürchteten sie, aus dem Hinterhalt angegriffen zu werden. Aber die vielen verbliebenen Demonstranten hielten sich zurück.

Die Kriminalkommissare erreichten das Büro des Firmeninhabers Wedderkopf. Die Tür war verschlossen. Als Beate Winterkorn ihren Namen laut und deutlich rief, hörte sie, wie jemand die Tür von innen aufschloss. Der Chef schaute durch den Türspalt und zog die Hauptkommissarin am Ärmel zu sich herein. Die packte ihren Kollegen ebenfalls am Ärmel und zog ihn hinter sich her. Wedderkopf verbarrikadierte sein Büro sofort wieder, indem er die Tür zweimal verschloss.

Nun schauten die Kommissare in die Runde. Drei Frauen, vermutlich Sekretärinnen und ein alter Bekannter saßen dort angsterfüllt an ihrem Arbeitsplatz.

Winterkorn und Bernhard staunten nicht schlecht, Michael Döblitz hier anzutreffen. Er zeigte sich allerdings nicht minder überrascht. Sie begrüßten einander.

„Hier arbeiten Sie?“ fragte ihn Beate Winterkorn eher ungläubig.

„So ist es. Was dagegen?“ fragte er zurück.

„Ach, Sie kennen sich?“ schaltete Wedderkopf sich jetzt etwas verwundert in das Gespräch ein.

„Das kann man wohl sagen“, seufzte Bernhard, und die Hauptkommissarin fügte hinzu: „Braunschweig ist doch irgendwie ein Dorf.“ Niemand widersprach.

„Sie sind ja wohl in letzter Minute gekommen“, stellte Wedderkopf an die Kommissare gerichtet fest.

„Es sieht danach aus“, pflichtete Bernhard ihm bei.

„War die Demonstration angemeldet?“ wollte Beate Winterkorn wissen.

„Eine friedliche Demonstration war uns angekündigt worden. Sie war angemeldet, und scheinbar war auch ausreichend Polizei vor Ort. Aber Sie sehen ja, wozu dieses Pack fähig ist. Militante Chaoten, die nur ein Ziel haben: Gewalt!“ merkte Wedderkopf an.

„Die haben ordentlich hingelangt“, sagte Bernhard.

„Die Schmierereien vom Wochenende an meinem Haus haben das hier angekündigt. Konnten Sie schon ermitteln, wer dafür verantwortlich ist?“ wollte Wedderkopf von den Beamten wissen.

„Tut uns leid“, gab Beate Winterkorn ohne Umschweife zu.

„Wenn sich hier Derartiges noch einmal wiederholen sollte, mache ich Sie persönlich dafür verantwortlich“, herrschte Wedderkopf die Kriminalbeamten an. „Für das gewaltbereite Klima ist aber in erster Linie die Politik verantwortlich. Quer durch alle Parteien wird ein Horrorszenario gezeichnet von Atomkraft und Atommüllentsorgung. Rattenfänger laufen durch die Straßen, und der Plebs lässt sich einfangen, läuft ihnen hinterher und schlägt zu. Wenn die Verantwortlichen dieser Stadt nicht endlich einlenken, werden bürgerkriegsähnliche Zustände demnächst zur Normalität, ja zum Regelfall im Braunschweiger Land werden. In meinen Augen sind Umweltschützer Verbrecher, Gewalttäter in Diensten kommunistischer Organisationen“, dozierte Wedderkopf.

Ohne darauf einzugehen, was der Firmenchef an Hasstiraden von sich gegeben hatte, wendete sich Beate Winterkorn Michael Döblitz zu. „Welchen Aufgabenbereich decken Sie in dieser Firma ab?“

„Nennen wir es Prokurist. Es trifft nicht ganz den Kern der Sache, aber im Wesentlichen charakterisiert diese Bezeichnung mein Tätigkeitsfeld hier im Hause“, gab Döblitz lächelnd zur Antwort.

„Sehen Sie, jetzt brauche ich Sie nicht extra noch einmal besuchen, um Sie nach Ihrem Beruf zu fragen. Das hatte ich nämlich gestern vergessen“, lächelte Beate zurück.

Wedderkopf schien ungehalten darüber zu sein, dass niemand beabsichtigte, seine Ausführungen zu kommentieren. Dass alle dazu schwiegen, empfand er als Beleidigung. Er ging ans Fenster und sah teilnahmslos zum Hof hinaus.

„Sind Sie in der anderen Sache schon vorangekommen?“ wollte Döblitz nun von der Hauptkommissarin wissen.

„Tut mir leid. In dieser Angelegenheit darf ich Ihnen keinerlei Auskünfte über den Stand der Ermittlungen erteilen“, lächelte sie eiskalt zurück. Danach ging auch sie zum Fenster und vergewisserte sich, was draußen los war. Schließlich sagte Beate Winterkorn zu Wedderkopf: „Ich denke, die Gefahr ist gebannt. Mein Kollege und ich werden jetzt abziehen. Es hat auch aufgehört zu regnen. Sie können Ihre Bürotür jetzt bedenkenlos wieder aufschließen."

Er tat es, und die Beamten gingen. Nachdem sie den Hof erreicht hatten und dort mit Kollegen sprachen, bat Wedderkopf Döblitz in einen separaten Raum, in dem sich die beiden ungestört unterhalten konnten. Da sie nun niemand mehr hören konnte, sprachen sie offen miteinander.

„Ich denke, die Aktion ist ein voller Erfolg gewesen", eröffnete Wedderkopf die Unterredung. „Jetzt können wir das Ruder zu unseren Gunsten herumreißen und die Politiker mehrheitlich auf unsere Seite ziehen. Die vernünftigen Demokraten, diese Weicheier, müssen nun auf Distanz zu den Linken gehen und eine neue Linie fahren. Woher hast du die gewaltbereiten Demonstranten besorgt, die dafür gesorgt haben, dass alles aus dem Ruder läuft und reichlich Blut fließt?"

„Aus dem Rotlichtmilieu. Woher sonst?"

„Sind die Powerleute von uns angemessen bezahlt worden?"

„Aber selbstverständlich. Wie lange kennen wir uns jetzt, dass du danach fragst? Zweifelst du neuerdings an meinen Fähigkeiten?"

„Keinesfalls! Hast du gut gemacht. Ich bin sicher, dass wir die Politiker weichspülen werden und dass wir das allgemeine Credo herumreißen und die nützlichen Idioten vor unseren Karren spannen. Aber etwas anderes: Woher kanntest du die Bullen? Was hattest du mit ihnen zu tun?"

„Der Mord in der Nähe meines Gartenvereins. Die haben jeden Gartenpächter genau unter die Lupe genommen."

„Und nichts erreicht?" fragte Wedderkopf.

„Gar nichts", gab Döblitz zur Antwort.

„Mittlere Beamte, leicht minderbemittelt, die sich darüber aufregen, dass ihnen das Weihnachtsgeld gestrichen worden ist. Dann brauche ich mir ja keine Sorgen zu machen, dass die jemals herauskriegen, dass ich mein Haus selbst besprüht habe“, lachte Wedderkopf siegessicher.

15

Die traurige Bilanz der Anti-Atom-Demonstration las sich später folgendermaßen: drei schwerverletzte Polizisten, zwölf leichtverletzte Beamte, fünf leichtverletzte Schaulustige, elf leichtverletzte Demonstranten, vier schwerverletzte Demonstranten, von denen ein Achtzehnjähriger ein Auge verloren hatte.

Zunächst allerdings waren Winterkorn und Bernhard in ihre Dienststelle zurückgefahren. Dort berieten sie sich über ihr weiteres Vorgehen.

„Ich möchte engen Kontakt zu den Kollegen, die wegen der folgenschweren Demonstration ermitteln. Wer waren die Gewalttäter? Woher kamen sie? Wer hat sie möglicherweise angeheuert?“ sagte Beate Winterkorn.

„Aber es handelt sich dabei doch gar nicht um unsere Baustelle“, meinte Lukas Bernhard.

„Oh doch. Das Mordopfer hat irgendeiner Organisation angehört, in der man gegen Atom demonstriert. Nachdem ich in Erfahrung bringen musste, dass die offensichtlich zentrale Figur in unserem Mordfall Prokurist dieser Atomfirma ist, denke ich, dass die Sache langsam heiß wird. Innerhalb weniger Tage geschehen zwei völlig unterschiedliche Gewaltverbrechen. Aber bei beiden haben wir es unter anderem mit ein und derselben Person zu tun. Und es geht um Atomkraft oder Atommüll. Das ist doch verdächtig?“

„Verdächtig würde ich nicht unbedingt gleich sagen. Auffällig ist es aber in jedem Fall“, untermauerte Bernhard die Überlegungen seiner Chefin.

„Ich möchte noch einmal mit Döblitz’ Gartennachbarn sprechen. Warum hat der unserem Kollegen nicht die volle Wahrheit gesagt? Und danach gehe ich in der Innenstadt spazieren. Vielleicht treffe ich dort wieder diesen einbeinigen Schnapsbruder. Aktion: Einbeiniger Mann! Sie verstehen?"

„Na dann viel Erfolg", wünschte Bernhard.

„Gleichfalls", sagte Beate Winterkorn, und ihre Wege trennten sich.

Die Hauptkommissarin hatte dem Protokoll entnommen, dass der Gartennachbar von Michael Döblitz Horst Weber hieß. Sie fand dessen Gartenparzelle auch recht schnell. Der Regen war längst abgezogen und hatte der Sonne den Himmel überlassen. Dadurch war das Glück auf ihrer Seite.

Weber ging in seinem Garten herum. Manchmal bückte er sich und versank in seinem Meer aus Blumen. Als er hörte, dass jemand nach ihm rief, kam er bereitwillig an den Zaun. Die Freundlichkeit wich schnell Misstrauen, als er erfuhr, dass die nette Dame, die nach ihm fragte, von der Kriminalpolizei war.

„Wir ermitteln immer noch in dem Mordfall. Es gibt da eine kleine Ungereimtheit."

„Welche?"

„Sie haben neulich unserem Kollegen verschwiegen, dass Sie das Mädchen gesehen haben, wie es vor dem Grundstück von Döblitz gestanden und über den Gartenzaun geschaut hat."

„Woher wissen Sie es dann?"

„Döblitz selbst hat es uns gesagt. Warum haben Sie meinen Kollegen neulich angelogen?"

„Ich habe ihn nicht angelogen. Ich habe lediglich nicht alles gesagt. Das hat einen Grund. Ich wollte meinem Nachbarn nicht unnötig Schwierigkeiten bereiten."

„Sehr rücksichtsvoll von Ihnen. Aber wir ermitteln hier in einem Mordfall. Wenn Sie das Mädchen am Tatabend gesehen haben, waren Sie möglicherweise der Letzte, der sie lebend gesehen hat. Können Sie sich vorstellen, was für eine Dimension das einnimmt, wenn Sie uns so etwas Wichtiges vorenthalten?" sah Beate Winterkorn den alten Hobbygärtner mahnend an.

„Darüber habe ich nicht nachgedacht. Ich bitte vielmals um Entschuldigung. Es tut mir aufrichtig leid."

„Entschuldigung angenommen. Gibt es vielleicht noch irgendetwas, das Sie uns verschwiegen haben? Aus Rücksicht auf Ihren Gartennachbarn oder warum auch immer?"

Weber schüttelte den Kopf.

Zufrieden ging Beate Winterkorn zu ihrem Auto. Sie fuhr weiter in die Innenstadt ins Parkhaus Eiermarkt, wo sie den Wagen abstellte. Zu Fuß ging sie über den Altstadtmarkt in Richtung Kohlmarkt. Schon von Ferne sah sie ihn auf dem Brunnenrand sitzen: den einbeinigen Mann.

Die Hauptkommissarin war fest entschlossen, das Gespräch mit ihm zu suchen.

Natürlich störte sie sein unsauberes Äußeres. Ein wenig Überwindung kostete es Beate Winterkorn schon, sich neben diesen sonderbaren Mann zu setzen, der gar nicht so recht begreifen wollte, was da am Brunnenrand plötzlich vor sich ging. Vom ständigen Nebel des Alkohols umgeben, besah er sich die hübsche Frau, die sich neben ihn gehockt hatte, kritisch. Was sollte das werden?

„Hi", sagte Beate zur Begrüßung, und der Mann erwiderte diesen Worttorso der englischen Sprache.

„Ich habe Sie neulich schon beobachtet", begann sie etwas unbeholfen das Gespräch.

„Pass auf, Süße! Hier am Wasser ist man per du miteinander", lachte er sie an, wobei seine Zahnlücke neben den Schneidezähnen im Oberkiefer sichtbar wurde. Außerdem schlug Beate sein säuerlicher Mundgeruch entgegen.

Die Hauptkommissarin drehte sich um und nahm die Pfütze hinter sich in der kleinen zu einem Kreis geformten Senke des Brunnens wahr. Auch dieses bisschen abgestandene Wasser roch unappetitlich. Es war grünlich und muddig zugleich.

„Gut, ich bin die Beate", ging sie auf seinen Einwand, sich am Wasser zu duzen, ein und dachte bei sich, welche Vorstellung von Wasser der Einbeinige wohl haben mochte.

Er gab ihr die Hand und sagte: „Mich nennen alle nur Rösti. Weil ich so braun bin. Eigentlich heiße ich Stefan. Aber du darfst Rösti zu mir sagen."

„Bist du jeden Tag hier am Brunnen?"

„Fast jeden. Die da sitzen, das sind alles meine Kumpels. Viel braucht man nicht im Leben. Aber einen Kumpel, den braucht man immer."

„Wie alt bist du?"

„Zweiundvierzig. Und du?"

„Drei Jahre älter."

„Was willst du von mir, Süße? Einen Schnaps?"

„Danke nein. Ist noch zu früh für mich. Ich bin auf der Suche nach einem einbeinigen Mann."

„Hehe! Hier hast du ihn gefunden", lachte Rösti.

„Ich glaube, es handelt sich um jemand anderen. Kennst du noch andere Einbeinige?"

„Nur einen. Aus der Reha. Vor drei Jahren war das. Warum willst du das wissen?"

„Weiß ich selbst noch nicht so genau. Kennst du ein blondes Mädchen von zwanzig Jahren, das immer barfuß lief?"

„Nein. Wozu willst du so was wissen? Was sind das für Fragen?"

„Das blonde Mädchen ist tot, und der einbeinige Mann könnte der Vater ihres Kindes sein. Wie alt ist der Mann, den du kennst? Stammt er auch aus Braunschweig?"

„Der Mann, den ich kenne, der muss über den Daumen zehn Jahre älter sein als ich. Doktor Haller aus Waggum, mehr weiß ich nicht. Aber weshalb ist das blonde Mädchen tot? Bist du ein Bulle?" Röstis kurzzeitig aufgeheiterter Blick wurde wieder sehr kritisch.

„Weißt du, Rösti, manchmal wäre es mir lieber, ich könnte so wie du hier auf dem Brunnenrand sitzen und den Menschen oder den Tauben zusehen. Mörder jagen ist was Furchtbares. Aber es muss sein. Das Mädchen ist unwiederbringlich tot. Der Täter gehört doch eingesperrt. Oder siehst du das anders?"

„Vielleicht hat er das ja nur gemacht, weil er vorher schon eingesperrt war. Sieh dir doch die Tauben auf der einen Seite und die Menschen auf der anderen an. Die Tauben sind frei. Die Menschen nicht. Sie sind zwar alle in Bewegung. Ständig. Aber sie laufen von einem Ziel zum anderen. Der Weg zwischen A und B ist ein Zwang. Man muss ihn zurücklegen, wenn man irgendwo ankommen will. Und so sind immer alle in Bewegung. Alles ist Hektik. Hier auf dem Brunnenrand ist Ruhe. Nun hast du dich zu mir gesetzt und hast auch zur Ruhe gefunden. Du hast einen Weg verlassen, weil du mit dem Ziel haderst, das der Weg dir an seinem Ende verspricht."

Wortlos sah Beate den Mann von der Seite an. Er redete weiter.

„Ich dachte auch immer, ich hätte ein Ziel. Ich war auf dem Weg. Zu Fuß. Und ich hatte grün. Der Lastwagenfahrer hat mich übersehen. Ich bin nie am Zielort angekommen. Stattdessen habe ich mich im Krankenhaus wiedergefunden und hatte ein Bein weniger. Seitdem bin ich zur Ruhe gekommen. Wege haben für mich jetzt eine andere Bedeutung. Früher habe ich mich im Leben stets verrannt. Aber mit einem Bein, Süße, da verrennt man sich nicht mehr."

„Wo hast du hin gewollt, als der Unfall passiert ist?"

„Zu einer Frau, von der ich gedacht habe, dass sie auf mich wartet. Ich hätte das Bein noch, wenn ich nicht zu ihr gegangen wäre. Sie hatte sowieso schon einen anderen und längst nicht mehr auf mich gewartet."

„Wann hast du mit dem Trinken angefangen?" wollte Beate von ihm wissen.

„Nach dem Unfall. Ich habe Bein, Freundin und Arbeit verloren. Und im Winter isses verdammt kalt hier draußen."

„Was hast du gearbeitet?"

„Ich war Briefträger. Postzusteller. Ich war immer in Bewegung. Hatte immer meine Ziele. Kannte viele Leute. Hunde mochten mich nicht. Aber jetzt bin ich zur Ruhe gekommen und beobachte die anderen, wie sie laufen. Ihrem Ziel entgegensteuern. Ich frage mich, ob sie immer angekommen sind und ob sie dort auch wirklich erwartet werden."

„Jetzt kannste mir doch einen Schnaps geben, Rösti!" sagte Beate gedankenverloren. Ihr eigener Sohn ging ihr durch den Kopf. Ihn hatte ein Lkw tödlich getroffen. Das Saufen hatte sie nicht angefangen. Aber in diesem Moment war ihr nach Alkohol. Er zog einen Flachmann aus der Hosentasche, überreichte ihn Beate Winterkorn, und die ließ sich den Schnaps entgegen jeder Gewohnheit und Vernunft durch den Hals laufen.

Danach stand sie auf, gab Rösti die Hand und wünschte ihm noch einen schönen Tag. Beate schlenderte weiter durch die Fußgängerzone und versuchte den Alkohol zu verdauen. Eine Stunde später saß sie wieder am Steuerrad ihres Wagens und fuhr zu ihrer Dienststelle.

Dabei kreisten ihre Gedanken noch eine Weile um den einbeinigen ehemaligen Briefträger, der auf dem Rand des Brunnens am Wasser seine Ruhe gefunden zu haben schien und das hektische Treiben der Menschen kritisch beäugte.

Am Nachmittag desselben Tages wurde auf einem regionalen Fernsehkanal eine Pressekonferenz des Hauses CeBaTa übertragen. Kommissar Bernhard hatte die Sendung entdeckt. Er hatte das kleine Fernsehgerät in seinem Büro eingeschaltet und rief seine Kollegin Winterkorn schnell hinzu.

Auf der kleinen Mattscheibe war das Gesicht von Michael Döblitz zu sehen. Der Prokurist der Firma bemühte sich, die Fragen der Journalisten zu deren Zufriedenheit zu beantworten.

„Döblitz ist also der Mann fürs Grobe. Ihn schickt Wedderkopf an die Front und ins Fernsehen", sagte Beate Winterkorn.

Lukas Bernhard bat sie um Ruhe. Er wollte verstehen, was Döblitz zu sagen hatte.

„Wen haben Sie als Drahtzieher der gewalttätigen Demonstration in Verdacht?“ wollte einer der Journalisten wissen.

„Es ist natürlich Sache der Polizei, das zu untersuchen und zu ermitteln. Fest steht für mich, dass die hiesigen Lokalpolitiker ein Klima geschaffen haben, dass den Boden für derartige Übergriffe bereitet.“

„Können Sie das konkretisieren?“

„Atomkraft ist zum Schimpfwort geworden, Asse zum Synonym für die Unmöglichkeit einer angemessenen dauerhaften Entsorgung des Atommülls. Diese undifferenzierte Betrachtungsweise der Dinge ruft Chaoten auf den Plan. Der Assemüll soll zurückgeholt werden. Niemand kennt die Risiken. Keiner weiß wirklich, wohin damit. Unsere Firma bietet konkrete Hilfe an und ist der Buhmann. Alle Welt drischt auf uns ein. Kein Wunder, dass der Mob vor unserer Tür regiert und unschuldige Polizisten, die ihre Arbeit machen, verletzt werden. Ein Einlenken jener politischen Parteien, die eigentlich die Linie der Vernunft vertreten, ist gefragt.“

„An welche Parteien denken Sie?“

„Es werden sich schon die richtigen angesprochen fühlen.“

„Was sollen die Ihrer Meinung nach tun?“

„Die Rattenfänger öffentlich an den Pranger stellen und die Atomwirtschaft resozialisieren.“

„Aber der Atomausstieg ist doch beschlossene Sache.“

„Es geht nicht darum, neue Atomkraftwerke zu bauen, sondern die Endlagerung seriös vorzubereiten. Wer besitzt denn das Knowhow dafür? Doch nicht etwa jene alternativen Politiker, die sich vor Kurzem noch auf Gleisen festgekettet haben!“

„Kommen Sie, Bernhard, schalten Sie diesen Quasselkopf da ab! Ich kann es nicht mehr hören.“

„Vielleicht sollten wir dem Fernsehsender mal stecken, dass der Typ eine Leiche im Keller hat und die Polizei nach Strich und Faden belügt.“

„Nicht im Keller, sondern im Gartenhäuschen hat er die Leiche versteckt. An dem ist ein Politiker verlorengegangen, so wie der lügen kann."

„Warum hat eigentlich die Firma CeBaTa ein so großes Interesse daran, den radioaktiven Müll, den sie jetzt aus der Asse zurückholen wollen, zwischenzulagern und aufzubereiten?" wollte Lukas Bernhard wissen.

„Profitsucht! Nichts anderes", glaubte Beate Winterkorn.

„Wir sollten dem da irgendwas anhängen, damit er keinen Schaden mehr anrichten kann", schlug Bernhard vor.

„Das könnte Ihnen so passen. Wenn er schuldig ist, will ich ihn ganz und für das, was er getan hat. Ich geh mal zurück in mein Büro."

„Tun Sie das, Frau Winterkorn."

Plötzlich blieb die Hauptkommissarin stehen und drehte sich lächelnd zu ihrem Kollegen um.

„Irgendwie finde ich diese Siezerei blöde. Am Wasser ist man ebenfalls per du. Ich finde, unter Bullen sollte man es auch sein. Frau Winterkorn – das klingt doch irgendwie antiquiert. Also, ich heiße Beate."

„Haben Sie getrunken, Frau Winterkorn?" sorgte sich Bernhard.

„Ja, heute auch schon. Einen Schnaps auf dem Kohlmarkt. Aber ich meine es ernst."

„Also gut. Finde ich auch viel lockerer. Ich bin der Lukas."

Er stand auf, und sie schlugen ihre Hände darauf ein.

Dann ging Beate tatsächlich in ihr Büro zurück und durchstöberte die Datenbank nach einem gewissen Doktor Haller in Waggum. Sie fand ihn und rief dort an. Für den nächsten Vormittag verabredeten sie sich bei ihm zu Hause.

Sie telefonierte noch weiter. Zum einen wollte sie vom Lehrer der Getöteten wissen, wer eng mit Meike befreundet gewesen war, zum anderen befragte sie dazu deren Eltern. Nach den beiden Telefonaten hielt die Hauptkommissarin einen Namen und eine dazugehörige Adresse in Händen.

Für heute beabsichtigte Beate Feierabend zu machen. Allerdings wollte sie nicht auf direktem Wege nach Hause fahren. Ihr schwebte vor, noch schnell den Umweg über das Pflegeheim an der Ottenroder Straße zu nehmen.

Hanna Baum freute sich immer über den Besuch der Hauptkommissarin. Fast war zwischen den beiden Frauen so etwas wie Freundschaft entstanden.

„Es ist doch noch gar nicht so lange her, dass Sie bei mir gewesen sind. Das letzte Mal waren Sie in Begleitung Ihres Mannes hier. Wie geht es ihm?"

„Danke. Dem geht es eigentlich immer gut. Und was machen Sie?"

„Sie sehen ja! Ich liege den ganzen lieben langen Tag im Bett und warte, bis es dunkel wird. Dann kann ich wenigstens schlafen. Wenn ich wach bin, grübele ich eigentlich immer herum. Tausendmal spiele ich in Gedanken unser ganzes Leben durch und überlege, ob es nicht irgendeinen Punkt gibt, den ich übersehen haben könnte. Eine Stelle, an der er sich jetzt aufhalten könnte."

„Ist Ihnen irgendetwas in den Sinn gekommen?"

„Nein, gar nichts. Werden Sie sich der Sache offiziell noch einmal annehmen können?" fragte Hanna Baum.

„Ich denke nicht. Aber ich komme ja viel herum in meinem Beruf. Da werde ich die Augen aufhalten. Das verspreche ich."

Hanna Baum wurde ein wenig durstig. Beate Winterkorn holte ein Glas zu trinken für sie, hob ihren Kopf an und flößte es ihr vorsichtig ein.

Sie sprachen noch eine Weile über Belangloses, dann fuhr Beate nach Hause zu ihrem Mann.

16

Noch am selben Tag in den späten Nachmittagsstunden bat Wedderkopf Döblitz zu sich, um mit ihm ein höchst vertrauliches Gespräch zu führen.

Der Chef hatte sein Büro von Angestellten seiner Firma ein wenig wohnlich herrichten lassen, so dass eine vertrauliche Atmosphäre entstehen sollte.

Als Döblitz von Wedderkopf in dessen heilige Gemächer geführt wurde und sah, dass der Raum in eine Art Wohnzimmer verwandelt worden war, ahnte er, was ihm nun gleich blühen würde.

Tee und Gebäck standen bereit. Die hohen Herren nahmen in ledernen Sesseln Platz.

Dann begann der Chef mit seinen Ausführungen: „Ich glaube, es ist an der Zeit, dich in den Chefzirkel meiner Firma aufsteigen zu lassen. Ich benötige einen weiteren Vertrauten, einen dritten Mann, der in all unsere Geheimnisse eingeweiht ist. Ich denke, du bist der Richtige dafür. Ich kann mir jedenfalls keinen besseren vorstellen. Du hast dich wie kein anderer bewährt. Deine Pressekonferenz war genial. Ich habe daraufhin schon erste Anrufe von konservativen Politikern bekommen, die in der Zwischenlagerungsfrage zu einem Umdenken bereit sind. Falls unsere Aktion noch nicht ausgereicht haben sollte, müssen wir eben zu noch härteren Mitteln greifen. Die üblichen Methoden eben, um bestimmte geschäftliche Interessen zu wahren.“

Er lehnte sich zurück und lächelte selbstgefällig. Dann schenkte er Tee ein.

Döblitz wusste vor Freude gar nicht, was er sagen sollte. Er war außer sich und stand am Ziel. Der Mann mit der wenig ausgeprägten Ehemoral hatte es geschafft. Es fehlten ihm die angemessenen Worte. Er schwieg lieber und vertuschte seine Sprachlosigkeit mit einem kräftigen Schlürfen vom heißen Getränk in seiner Tasse.

„Noch etwas, lieber Freund. Morgen früh wirst du deinen Wecker etwas zeitiger stellen müssen. Gemeinsam mit Doktor Rademann werden wir einen kleinen Ausflug unternehmen. Du wirst dann Zugang zu einem Ort bekommen, der größter Geheimhaltung unterliegt und den niemand sonst kennt. Fast niemand. Aber von den wenigen, die den Ort kennen, weiß kaum einer, was wir da lagern. Bist du bereit?"

Döblitz nickte.

„Dann treffen wir uns morgen früh um sechs hier auf dem Gelände."

Es versprach ein sehr schöner Sommertag zu werden. Die Sonne stand noch tief am Osthimmel, doch ihre Wärme wirkte schon anheimelnd. Was für eine unerschöpfliche Energiequelle, wenn man sie nur richtig nutzen würde, dachte Döblitz, als er auf dem Parkplatz der Firma CeBaTa aus seinem Auto ausstieg.

Es war genau sechs Uhr. Die beiden anderen erschienen ebenfalls pünktlich. Sie begrüßten einander mit Handschlag und stiegen in Wedderkopfs Wagen um, der dann mit ihnen losfuhr. Bei dem dritten Mann handelte es sich um Doktor Rademann, einen Atomphysiker, den die Firma seit neun Monaten beschäftigte.

Sie fuhren gemeinsam über Land und erreichten eine halbe Stunde später ein Dorf an der Ostgrenze Niedersachsens. Die völlig unauffällige Landesgrenze zum Nachbarbundesland Sachsen-Anhalt verlief irgendwo unmerklich mitten durch den Wald.

Vor einem Vierteljahrhundert sah die Welt hier noch komplett anders aus. Der Eiserne Vorhang verlief durch diesen Wald. Im Volksmund wurde er Zonengrenze genannt. Da waren Deutschland und Europa geteilt. Der Osten hatte sich hermetisch abgeriegelt.

Wedderkopf stellte sein Auto auf einem unbefestigten Weg ab, der schmaler wurde und direkt in den angrenzenden Wald führte, der das zarte Licht der Morgensonne gierig in sich aufsaugte.

Die Männer gingen in den menschenleeren Wald hinein und verschwanden im Dickicht des Unterholzes. Nicht weit ab vom Hauptweg erreichten sie über einen unauffälligen Trampelpfad einen alten Bunker, der mit einer rostigen Eisentür versperrt war.

Wedderkopf öffnete sie, und die drei traten ein. Von innen sah es aus, als handelte es sich bei diesem geheimnisvollen Ort um einen Schießstand.

Sie stießen weiter ins kunststoffbeleuchtete Innere des unterirdischen Trakts vor. Dann kamen sie zu einem Raum, in dem ein Spind neben dem anderen stand.

Wedderkopf öffnete sie und entnahm jedem von ihnen einen Strahlenschutzanzug. Die Männer streiften sie sich über und ähnelten nun rein äußerlich Astronauten.

Dann ging es weiter bergab. Es war ein ungemütlicher Weg über enge, rutschige Treppenstufen aus Stein. Das Ganze hatte den Anschein einer gespenstischen Expedition weit ab menschlichen Daseins. Es ging abwärts in eine rätselhafte Höhle jüngeren Datums und von Menschenhand angelegt.

Als sie dann den großen, dunklen und wandfeuchten Raum betraten, lief Döblitz ein kalter Schauer über den Rücken.

Briten und Amerikaner hatten hier seinerzeit ein unterirdisches Waffenlager eingerichtet. Es befand sich unmittelbar vor dem Grenzzaun und war offensichtlich nach Beendigung des Kalten Krieges einfach aufgegeben worden.

Ganz offensichtlich hatte Wedderkopf sich dieses unterirdische Waffendepot angeeignet und zunutze gemacht. Allerdings hatte er es umfunktioniert. Dort lagerten Fässer ein.

„Was ist drin in den Fässern?“ fragte Döblitz.

„Plutonium. Reines Plutonium. Gold für uns. Übrigens hat sich an gleicher Stelle ein Atomwaffendepot der Amerikaner befunden. Es gibt noch einen anderen, den Transportzugang. Über den wird alles abgewickelt“, erklärte Wedderkopf.

„Glaubst du, dass es sich hier um einen sicheren Ort handelt?“ fragte Döblitz.

„Haben die Siegermächte je danach gefragt? Damals waren Atomwaffen zu unserem Schutz bestimmt. So gesehen leben wir doch heute wesentlich ungefährlicher. Und jetzt verrate ich dir die Zahlenkombination für das Vorhängeschloss. Du darfst sie dir nirgendwo aufschreiben. Du musst sie dir merken“, sagte er an Döblitz gewandt.

Wenig später fuhren sie nach Braunschweig zurück, als wäre nichts gewesen.

17

Zu dieser Zeit waren auch die Winterkorns längst aufgestanden. Jens fuhr zu seiner Schule, Beate in ihr Büro. Sie hatte sich allerlei für diesen Tag vorgenommen.

Zunächst traf sie mit ihrem Kollegen Lukas Bernhard zusammen und besprach mit ihm den Ablauf des Arbeitstages. Dann machte sie sich auf den Weg nach Waggum, wo ein gewisser Doktor Haller wohnte, ein Beinamputierter, mit dem sie sich am Vorabend telefonisch verabredet hatte.

Dieser Mann lebte gemeinsam mit seiner Frau in einem Einfamilienhaus, das im Norden an das Flughafengelände grenzte. Als unmittelbar Betroffene waren die Eheleute natürlich gegen den Flughafenausbau, also die Verlängerung der Landebahn gewesen. Ihr Widerstand hatte bekanntlich nichts genützt. Jetzt konnten die großen Maschinen starten und landen, wenn auch nur zu Forschungszwecken.

Bei Frau Haller handelte es sich um eine rüstige Rentnerin von Anfang sechzig, ihr Mann wirkte hingegen blass und kränklich. Er saß im Wohnzimmer, in das seine Frau die Kommissarin brachte.

Er bat um Entschuldigung, dass er zur persönlichen Begrüßung des Gastes sitzen blieb und verwies als Grund dafür auf seine Behinderung.

Beate Winterkorn betrachtete den Mann von oben bis unten und sah mit Verwunderung seine zwei Beine.

„Ich trage eine Prothese“, lächelte er verschmitzt und bat die Kommissarin Platz zu nehmen.

„Ich hoffe, ich beanspruche Ihre Zeit nicht allzu sehr", begann Beate Winterkorn.

„Als Rentner zum einen und Krüppel zum anderen verfüge ich kaum über etwas mehr als Zeit."

„Ein Mann hatte Sie mir als jemanden beschrieben, der Anfang fünfzig sein müsste. Er hat das wohl etwas falsch in Erinnerung gehabt. Von daher kann es gut sein, dass Sie mir gar nicht helfen können."

„Worum geht es denn?" fragte er erwartungsvoll.

„Um den Mord an einer zwanzigjährigen Abiturientin. Sie soll in ihrem Terminkalender am Tage ihres Todes die Eintragung ‚Aktion: Einbeiniger Mann' gehabt haben. Ich kann damit leider nichts anfangen. Mit einem einbeinigen Schnapsbruder vom Kohlmarkt habe ich deswegen auch schon gesprochen, aber Fehlanzeige."

„Ich kenne den einbeinigen Mann vom Kohlmarkt. Ich bin mit ihm zusammen zur Reha gewesen. Leider hat er mit dem einen Bein auch den kompletten Halt in seinem Leben verloren."

„Ich weiß. Welches Unglück hat bei Ihnen dazu geführt, dass ...?"

„Ein Geisterfahrer auf der Autobahn. Ich bin mit ihm frontal zusammengestoßen. Auf der Überholspur. Das ist Horror, wenn nicht die Hölle. Der Geisterfahrer ist auf der Stelle tot gewesen. Ich bin schwerverletzt worden. Für mein rechtes Bein gab es keine Rettung."

„Tut mir sehr leid für Sie", sagte Beate Winterkorn.

„Und mir tut es leid, dass ich Ihnen in Ihrem Mordfall überhaupt nicht weiterhelfen kann. Ich hätte mich gern bei der Aufklärung eines Verbrechens nützlich gemacht. Doch ich wüsste nicht wie."

„Sie haben also keine Idee, um was für eine Aktion mit einem einbeinigen Mann es sich handeln könnte?"

„Leider nein. Gar keine."

Hauptkommissarin Beate Winterkorn schien diesbezüglich mit ihrem Latein am Ende zu sein. Wie sollte sie in dieser Angelegenheit vorwärtskommen? Wer war der einbeinige Mann? Wo konnte sie ihn finden?

Sie dankte Doktor Haller sehr dafür, dass er Zeit für die Kriminalistin gefunden hatte und verabschiedete sich mit den besten Wünschen. Frau Haller geleitete sie wieder zur Tür.

Pamela Jung war eine kleine, schlanke Frau von neunzehn Jahren, die sehr eng mit Meike Sommer befreundet gewesen war. Sie trug kurzes Haar knallrot gefärbt.

Gleich nach dem Abitur war Pamela von zu Hause ausgezogen und bewohnte nun allein eine Zweizimmerwohnung in der Braunschweiger Weststadt. Hauptkommissarin Winterkorn fand nicht sofort den fraglichen Hauseingang. Die Straßen zwischen den Hochhäusern sind zumeist verkehrsberuhigte Zonen, häufig noch durch Poller unterbrochen, so dass der Autofahrer zwar die Straße, aber nicht das dazugehörige Haus findet.

Nach längerem Hin und Her war es der Kriminalistin nun aber doch gelungen, und sie wurde von Pamela hereingebeten.

Stolz präsentierte die junge Frau ihr die Wohnung, die sie seit Kurzem ihr Eigen nennen durfte. Natürlich wohnte sie nur zur Miete, aber sie war flügge geworden und schien den Weg in die Selbständigkeit zu genießen.

Nichts schien aufgeräumt in ihrem neuen Domizil. Die Eltern erledigten das nun nicht mehr für sie, und ihr war Ordnung noch nicht vertraut.

Beate erinnerte sich an ihre eigene Jugend zurück. Ach, lag das wirklich schon alles in so weiter Ferne?

Irgendwo setzten sich die beiden Frauen. Pamela fragte die Kommissarin, ob sie ihr ein Bier anbieten dürfte. Beate sah demonstrativ auf ihre Armbanduhr und verwies darauf, dass sie fast nie tagsüber Alkohol tränke, schon gar nicht, wenn sie fahren und arbeiten müsse.

Da Pamela nichts anderes im Haus hatte, blieben sie trocken sitzen, was der jungen Frau etwas peinlich war.

„Darf ich du sagen?“ fragte Beate Winterkorn.

„Klar, warum nicht? Ich heiße Pamela. Und wie heißt du?“

Etwas verwundert sah Beate die junge Frau an und sagte: „So habe ich es eigentlich nicht gemeint. Lass uns lieber beim Sie bleiben. Wir sind ja beide erwachsen. Sie sind also sehr eng mit Meike befreundet gewesen. Richtig?“

„Ja. Wir haben die ganze Schulzeit zusammen absolviert.“

„Hatte sie einen Freund?“

„Klar. Einen Schweden, einundzwanzig Jahre alt. Der war auf Urlaub hier, musste dann aber wieder zurück.“

„War Meike mit diesem Mann vor etwa drei Monaten intim?“

„Ich glaube schon“, nickte Pamela.

„Gab es noch einen anderen Mann in ihrem Leben, der wesentlich älter als sie gewesen ist?“ wollte Beate wissen.

„Sie hat für einen Mann um die fünfzig geschwärmt. Aber das war ein großes Geheimnis. Sie durfte und wollte über den Mann nicht reden.“

„Warum nicht?“

„Keine Ahnung. Das hat sie mir nicht gesagt. Aber der Typ hatte eine ganz große Sache vor.“

„Was für eine Sache?“ fragte Beate Winterkorn nach.

„Weiß nicht.“

„Hat dieser Mann nur ein Bein?“

„Davon hat sie mir nichts gesagt. Aber er war der Größte, den sie in ihrem Leben kennengelernt hatte. Mein Gott, hat er sie umgebracht?“

Pamela hielt sich die Hände vors Gesicht. Es hatte für die Ermittlerin den Anschein, als ob dieser Gedanke die junge Frau zum ersten Mal erfasste und mitzureißen schien. Zuvor hatte sie diese Möglichkeit offenbar nicht in Betracht gezogen.

„Oder ist er der Vater ihres Kindes?“ fragte Beate eher allgemein.

„Meike war schwanger?“ Pamela war völlig aus dem Häuschen.

„Haben Sie das nicht gewusst?“

„Nein."

„Was hat es mit Meikes politischer Einstellung auf sich gehabt? Sie war gegen Atomkraft."

„Klar, das sind wir doch alle."

„Hat sie sich organisiert und demonstriert?"

„Sie hatte jetzt die richtigen Leute gefunden. Zu einem wollte sie gehen und mit ihm was besprechen. Ihr Typ hatte ihr dessen Adresse gegeben. Also der fünfzigjährige geheimnisvolle große Unbekannte", sagte Pamela.

„Wissen Sie zufällig den Namen von diesem einen Mann, zu dem sie wollte?" fragte Beate.

„Nein. Aber sie hat mich vorige Woche gefragt, wie sie am besten zum Lünischteich kommt."

„Zum Lünischteich? Ganz in der Nähe ist sie aufgefunden und vermutlich auch getötet worden."

„Ja, sie muss zum Lünischteich gewollt haben." Pamela war sich hundertprozentig sicher.

„Dort hat ein übler Zeitgenosse einen Garten. Der Mann arbeitet als Prokurist für eine Atomfirma. Hatte sie irgendeine Aktion gegen so einen Typen geplant?"

„Ich glaube ja. Sie und der große Unbekannte."

18

Als Beate Winterkorn in ihre Dienststelle zurückkehrte und ihr Büro betrat, kam Lukas Bernhard hinter ihr hergelaufen, um ihr etwas Wichtiges mitzuteilen. Scheinbar hatte er seine Kollegin abgepasst.

„Was gibt es denn so Besonderes?" fragte sie ihn.

„Kollege Ohlendorf möchte Sie dringend sprechen. Er ermittelt gegen die Demonstranten, die ihre Aktion gegen die Firma CeBaTa gerichtet haben. Sie haben doch da eine Zusammenarbeit erbeten."

„Richtig. Wo finde ich den Kollegen?"

„Eine Etage tiefer, Zimmer 302."

„Besten Dank. Wenn du noch einmal ‚Sie' zu mir sagst, musst du einen ausgeben."

Lukas Bernhard fasste sich an die Stirn. Er war ein Opfer der Macht der Gewohnheit geworden.

Beate Winterkorn beeilte sich, schnellstmöglich nach unten zu gelangen und klopfte heftig bei dem Kollegen an die Tür. Der Mann öffnete von innen einen Spaltbreit und schaute über den Rand seiner Brille. Verwundert sah er die Kollegin an, bis er sie erkannte und hereinließ.

Hauptkommissar Justus Ohlendorf war ein attraktiver Mittvierziger, groß und schlank mit dunkelblonden, kurzen Haaren.

„Schön, dass Sie gleich zu mir gekommen sind. Bitte nehmen Sie doch Platz!"

Beate ließ ihren Blick einmal durch das gesamte Büro des Kollegen schweifen. Ihr fiel auf, dass hier alles so aufgeräumt wirkte. Wahrscheinlich schien es nicht nur so. Es entsprach den Tatsachen.

„Wir sind zügig vorangekommen mit den Ermittlungen. Uns ist die Festnahme eines Tatverdächtigen geglückt. Der Mann ist uns einschlägig bekannt. Ist mindestens einmal pro Woche auf dem Puff in eine handfeste Schlägerei verwickelt."

„Wie denn? So einer demonstriert gegen Atomkraft?" zeigte Beate sich verwundert.

„Eben nicht. Solche Leute werden von irgendjemandem angeheuert, um aus einer friedlichen Demonstration eine gewalttätige zu machen. Sinn und Zweck der Veranstaltung ist es, Atomkraftgegner in die Ecke von Verbrechern zu stellen, damit ihre Akzeptanz in der Bevölkerung schwindet."

„Wer hat die Prügelknaben bestellt?"

„Das wissen die selbst nicht. Zumindest der, den wir haben, weiß es nicht. So was läuft anscheinend völlig anonym ab."

„Ist das glaubwürdig?" zweifelte Beate.

„Ja und nein. Möglicherweise schweigt der Typ aus Angst, oder er kennt seine Auftraggeber tatsächlich nicht, da Hemdskragenverbrecher nicht zwingend in Milieukneipen verkehren."

„Wer könnte dahinterstecken?“

„Die Atomlobby – wer sonst?“

„Haben Sie eine Liste der Opfer?“ wollte Beate von ihrem Kollegen wissen.

„Die haben wir. Ein Achtzehnjähriger hat sogar ein Auge verloren.“

„Wo liegt er?“

„Krankenhaus Salzdahlumer Straße.“

„Ich glaube, ich möchte den jungen Mann mal besuchen.“

„Tun Sie das. Sollten Sie etwas herausbekommen, was uns in unseren Ermittlungen weiterbringen könnte, Sie wissen ja, wo Sie mich finden.“

„Claro.“

Beate hasste Krankenhäuser. Die Flure, über die sie durch zahllose gläserne Türen zu den fraglichen Zimmern marschieren musste, kamen ihr unendlich lang vor. Ein Geruch von Schläfrigkeit erfüllte die Luft, die sie kaum einatmen mochte. Frauen und Männer in Weiß kreuzten ständig die Wege und liefen trotz ihres körperlichen Einsatzes der Krankheit ständig hinterher. Überall lauerten Keime. An jedem Türgriff reckten Infektionen und Tod ihre Hälse empor. Beate vermied Berührungen jeglicher Art, so gut es nur ging.

Die freundliche Dame am Empfang, die ihr den Weg zur Station und zum Zimmer des Patienten beschrieben hatte, glich einem Navigator. Beate war durch deren Beschreibung fehlerfrei durch die Trakte des Labyrinths dirigiert worden.

Der junge Mann lag mit zwei anderen etwas älteren Männern auf einem Krankenzimmer zusammen. Beate konnte ihn unschwer an seinem verbundenen Auge erkennen. Ein wenig apathisch wälzte er sich in dem Bett umher und starrte mit dem ihm verbliebenen Auge an die Decke, so, als müsse er sich ständig vergewissern, dass er mit dem einen Auge noch Anteil am Licht der Welt besaß.

Beate setzte sich neben sein Bett und stellte sich ihm vor. Er blickte hastig von links nach rechts, da ihm der Blick der einen Seite fehlte. Dadurch wirkte er orientierungslos.

Es war ein mitleiderregender Anblick, und es lagen Beate die mahnenden Worte ihrer Mutter in den Ohren, die stets davor gewarnt hatte, auf Demonstrationen zu gehen. „Geh nirgends hin, Kind, wo so viele Menschen sind. Du weißt nie, was dir passiert." Sehr zum Kummer ihrer Mutter war sie Polizistin geworden und musste nun häufig zu Einsätzen auf Massenveranstaltungen, die zu eskalieren drohten. Und es war ihr durchaus bewusst, dass jeder ihrer Polizeieinsätze genauso, ähnlich oder schlimmer enden konnte. Dann würde sie dort im Bett liegen und das Mitleid der anderen auf sich ziehen.

„Gott sei Dank bin ich nicht ganz blind. Aber auf dem einen Auge werde ich nie mehr etwas sehen können", sagte der junge Mann. „Ich weiß nicht, wer mir den Stein gegen den Kopf geschleudert hat. Es ist alles so schnell gegangen."

„Da waren Gewalttäter unter euch friedlichen Demonstranten. Es sollte alles eskalieren. Nur deshalb waren die Typen da. Wir werden alles unternehmen, sie zu finden, damit sie vor Gericht gestellt und angemessen bestraft werden."

„Das ist nett, dass Sie das sagen. Aber davon bekomme ich mein Augenlicht nicht zurück. Wäre ich doch bloß nicht hingegangen zu dieser Demo!"

„Es war grundsätzlich richtig, dass ihr demonstriert habt. Das, was dir passiert ist, war ein furchtbarer Unfall. Das kann mit jedem jederzeit und überall geschehen."

„Das hilft mir ehrlich gesagt wenig."

„Sind Sie Mitglied in irgendeiner politischen Organisation, die sich gegen die Firmenpolitik von CeBaTa richtet?"

„Nicht so direkt. Ich weiß aber, dass es da einen geheimen Zirkel gibt, zu dem ich keinen Zugang habe und der irgendetwas Großes gegen die CeBaTa plant", sagte der junge Mann unter Anstrengungen.

„Kannten Sie das junge Mädchen Meike Sommer, das vor knapp einer Woche ermordet worden ist?“ wollte Beate Winterkorn wissen.

„Nicht wirklich. Sie war eine von uns. Ging mit auf Demos. Ist sie von den Leuten von CeBaTa ermordet worden?“

Der junge Mann hatte ausgesprochen, woran Beate Winterkorn noch immer nicht so recht glauben mochte. Hatte ihr Mordfall mittelbar oder unmittelbar mit den schrecklichen Ereignissen rund um die Firma CeBaTa zu tun? Gab es also eine direkte Verbindung? Im Klartext: War der Mord aus politischer Motivation heraus begangen worden?

Beate Winterkorn strich sich über die Stirn. Der junge Mann sah ihr an, dass er mit seiner Äußerung etwas in ihr ausgelöst haben musste.

„Ich kann dazu nichts sagen. Ich müsste noch mehr über das Mädchen in Erfahrung bringen. Haben Sie in diesem Zusammenhang mal irgendetwas über einen einbeinigen Mann gehört?“ fragte die Hauptkommissarin jetzt ganz direkt.

„Ja. Das muss eine ganz wichtige Person sein, über die nicht gesprochen werden durfte. Es ist was am Laufen. Aber ich weiß nicht was.“

Beate bedankte sich bei ihm für seine Antworten, nahm die Hand des jungen Mannes und hielt sie eine Weile. Sie strich ihm sanft über die Handoberfläche. Nach einiger Zeit verabschiedete sie sich und ging.

Beate Winterkorn fuhr innerlich geladen im Beisein ihres Kollegen Bernhard nach Rautheim zu den Döblitz. Es war später Nachmittag. Das Ehepaar Döblitz war daheim.

Michael Döblitz schien nicht gerade erfreut über den neuerlichen Besuch der Kommissare. Seine Frau Marina hielt sich irgendwo im Haus auf und trat nicht in Erscheinung.

„Was wollen Sie denn noch von mir?“ seufzte der Hausherr.

„Sie haben uns belogen. Das Mordopfer war in Ihrem Gartenhaus, als Sie dort mit Ihrer Abendbekanntschaft ankamen. Es hat sich so verhalten, wie die Zeugin es ausgesagt hat. Sie, Herr Döblitz, haben das tote Mädchen gekannt. Es wurde dabei beobachtet, wie es vor Ihrem Garten gestanden hat. Die Spuren an ihren nackten Fußsohlen sprechen eine eigene Sprache. Die junge Frau war auf Ihrem Grundstück. Das hatte einen Grund: Sie hat zu Ihnen gewollt. Also kannten Sie sie. Und jetzt frage ich Sie ganz direkt: Hatten Sie ein Verhältnis mit dem Mädchen? Sind Sie der Vater Ihres Kindes?"

„Wie bitte? Sind Sie verrückt geworden?" Döblitz war entsetzt.

„Sie kommen da nicht mehr raus. Und ich werde nicht eher Ruhe geben, bevor Sie den Mund aufmachen. Es handelt sich um eine Indizienkette. Da können Sie aussagen, was Sie wollen. Die Indizien widerlegen Sie."

„Ich habe das Mädchen nicht gekannt. Schon gar nicht habe ich ein Verhältnis mit ihr gehabt. Und in meinem Gartenhaus hat sie nicht tot gelegen."

„Gut. Dann andersherum, Herr Döblitz: Das Mädchen war eine entschiedene Atomkraftgegnerin. Sie stehen im Dienst der Atomindustrie. Sie ist zu Ihnen gekommen, um Sie zur Rechenschaft zu ziehen. Es ist zum Streit gekommen. Sie haben sie erschlagen", steigerte sich Beate Winterkorn in die Sache hinein.

„Das habe ich nicht getan, Frau Kommissarin."

„Wären Sie bereit für einen DNA-Test?"

„Warum nicht?"

Beate Winterkorn warf Lukas Bernhard einen entsprechenden Blick zu. Daraufhin kramte der in seinen Utensilien herum und hielt schließlich nach längerem Suchen ein Stäbchen in der Hand. Er stand auf und ging damit zu Döblitz hinüber. Der blieb in seinem Sessel sitzen und sah sein Gegenüber erwartungsvoll an. Bernhard bat Döblitz den Mund zu öffnen, was der tat. Dann führte er das Stäbchen einmal vorsichtig durch die Mundhöhle des anderen und verstaute es anschließend in einem keimfreien Röhrchen.

„Sind Sie nun zufrieden?“ donnerte Döblitz die Hauptkommissarin an.

„Nein. Wer ist der einbeinige Mann?“

„Was denn für ein einbeiniger Mann? Ich kenne keinen“, zuckte Döblitz mit den Achseln.

„Die Demonstration vor dem Hause Ihrer Firma hat einige Schwerverletzte zur Folge gehabt. Darunter einige meiner Kollegen, aber auch ein netter junger Mann von gerade mal achtzehn Jahren, der aufgrund eines Steinwurfes sein Augenlicht verloren hat“, merkte Beate an, und Döblitz folgte aufmerksam ihren Ausführungen.

„Das ist sehr bedauerlich. Aber was habe ich damit zu tun? Oder besser: Was hat Ihr Mord damit zu tun?“

„So genau weiß ich das auch noch nicht. Es wäre aber durchaus denkbar, dass es eine Parallele gibt. Wer von Ihnen hat die Schläger bestellt und bezahlt, damit die Demonstration aus dem Ruder läuft?“

„Ich muss doch wohl sehr bitten. Zweifeln Sie etwa an der Integrität unserer Firma?“

„Ja.“

„Wo kann ich mich über Sie beschweren?“

„Überall.“

Kommissar Lukas Bernhard sah wechselweise in die Gesichter der beiden und erkannte darin den Ausdruck der Angespanntheit, dem nicht selten eine unkontrollierte Sache folgte. Er mischte sich deshalb in das Zwiegespräch ein und versuchte die Streithähne durch eine Bagatelle abzulenken. Es funktionierte.

Hauptkommissarin Winterkorn kam zu der Überzeugung, dass es besser wäre, das Gespräch mit Döblitz vorerst zu beenden. Die Beamten wünschten noch einen schönen Tag und gingen.

Während ihrer Fahrt zur Dienststelle dachte Beate Winterkorn nach. Lukas Bernhard fuhr, und das Radio spielte das Beste aus Achtzigern und Neunzigern sowie die Hits von heute.

Durch Beate Winterkorns Kopf schossen allerlei Gedanken. Sie dachte an das Gehörte. Es gab diesen einbeinigen Mann. Es musste ihn geben. Doch wer war er?

Außerdem war etwas am Laufen, wie es der junge Mann im Krankenhaus ausgedrückt hatte. Beate wurde nicht schlau daraus. Es hatte den Anschein, als liefe alles auf irgendetwas hinaus. Sie konnte sich einer inneren Eingebung nicht erwehren, die ihr verriet, dass bald etwas Großes passieren würde. Aber was?

Was war im Gange und wurde von irgendeiner geheimen Kommandozentrale aus gesteuert? Und was hatte der Mord an Meike Sommer damit zu tun? Warum war er geschehen?

Fragen über Fragen, auf die Beate keine Antworten wusste. Sie erreichten die Dienststelle.

Döblitz stand auf der Terrasse hinter seinem Haus und blickte hinüber zum Elm. Die Asse konnte er von hieraus nicht sehen. Das Rautheimer Holz versperrte ihm auf angenehme Weise die Sicht.

Im Südosten erstreckt sich hinter dem Elm Flachland, bis sich die Erde schließlich zu einem weiteren Hügel auftürmt – nämlich der Asse.

Erdgeschichtlich mag es im Ursprung ein Gebirge gewesen sein. Doch dann spaltete sich ein Hügel ab. Diese Asse soll der Legende nach ihren Namen einem Vorfall verdanken, der sich in grauer Vorzeit ereignet haben soll.

Ein Bauer wollte mit seinem Pferdegespann das kleine Gebirge überqueren und bekam Achsbruch. Er marschierte ins nächste Dorf und verlangte in völliger Wortkargheit nach einer neuen Achse, was im ostfälischen Platt so viel wie „Asse“ hieß. Seither sprachen die Bewohner der Gegend von der Asse, wenn es um „ihr Gebirge“ ging.

Im Mittelalter wurde eine Burg auf dem bewaldeten Hügel errichtet, die stets schwer umkämpft gewesen ist. Heute noch zeugen einige Mauerreste als Überbleibsel einer längst vergessenen Zeit von der einstigen Bedeutsamkeit der Asse.

In Jahrmillionen bildete sich dort der unterirdische Salzstock, der dem Berg und den Menschen nun zum Verhängnis werden könnte, da er mit radioaktiven Fässern aufgefüllt wurde, die dort eine Ewigkeit lagern sollten. Vor rund dreißig Jahren wurde das Berginnere „für immer" verschlossen.

Nach so verhältnismäßig kurzer Zeit fand die Ewigkeit ihr vorläufiges Ende, und die Asse sollte eine Weltpremiere der besonderen Art erleben. Weltweit erstmalig wurde ein vermeintliches Endlager wieder geöffnet. Der Atommüll soll millionenaufwendig aus der Asse zurückgeholt werden, da der alte Salzstock als einsturzgefährdet gilt und niemand die unmittelbaren Risiken für die Menschen abschätzen kann.

Vom südlichsten Punkt Braunschweigs konnte man die Asse wunderschön und zum Greifen nah sehen. Eine herrliche Landschaft, ein wahres Idyll, wenn da nicht ...

Döblitz schien nicht bemerkt zu haben, dass nun auch seine Frau auf die Terrasse getreten war und den Elm betrachtete.

„Zieht sich der Strick um deinen Hals allmählich zu?" fragte Marina ihren Mann Michael wie aus dem Nichts.

„Das hättest du wohl gerne", zischte der zurück.

„Was weißt du denn überhaupt noch über mich? Was meinst du zu wissen, was ich gerne hätte?"

„Warum ist mit uns alles so den Bach runtergegangen?"

„Deine Arbeit, deine Frauen! Da ist nicht mehr viel Platz für mich geblieben."

„Das mit den Frauen tut mir leid. Ich wünschte, ich könnte es ungeschehen machen. Doch ich kann es nicht. Zu viel ist innerlich mit mir passiert. Ich darf nicht reden. Zu niemandem ein Wort. Dann all die schrecklichen Dinge, für die ich mitverantwortlich bin. Ich ertrage das bald nicht mehr."

„Was hat es mit dem toten Mädchen auf sich?"

„Sie hat in unserem Gartenhäuschen gelegen. Das weiß die Polizei längst. Keine Ahnung, wie lange ich mein Lügengebäude noch aufrechterhalten kann."

„Hast du mit dem Tod des Mädchens etwas zu tun?"

„Natürlich nicht. Ich stelle mir aber schon die Frage, warum unser Gartenhäuschen nicht abgeschlossen war."

„Du wirst es vergessen und nicht bemerkt haben."

Dann sagte er etwas völlig Überraschendes: „Ich liebe dich."

Entrückt, wie aus einer anderen Welt sah Marina Döblitz ihren Mann an und wusste nicht, was sie davon halten geschweige denn dazu sagen sollte. Wortlos ging sie ins Haus hinein. Michael blieb auf der Terrasse stehen und sah gedankenversunken in Richtung Elm, als wenn er im Angesicht der kleinen Berge zu sich selbst finden würde.

19

Mehr als eine Woche war seit dem Mord in Riddagshausen ins Land gegangen. Schon wieder stand ein Sonntag auf dem Kalender, den Beate mit ihrem Mann gemeinsam verleben wollte. Wie so oft konnte sich die Kriminalistin in ihrer Freizeit im Geiste nicht freimachen von dienstlichen Belangen. Die tote junge Frau, fast noch ein Mädchen, spukte ihr durch den Kopf. Wer hatte diese entsetzliche Tat verübt und warum?

Beate spürte, dass ein ungeheuerlicher Druck auf ihr lastete. Sie hatte den Fall übernommen und damit das Ziel, ihn zu einem erfolgreichen Abschluss zu bringen. Die Öffentlichkeit schwieg, jedoch spürte Beate die Erwartungshaltung der Menschen, die sie bedrückte.

Über eine Woche lag der Mord nun schon zurück, und Beate verfügte über keinerlei Kenntnisse, die sie zum Mörder hätten führen mögen. Im Klartext gab es nicht eine heiße Spur.

Diese Tatsache ließ ihr keine rechte Ruhe, und deswegen konnte sie über die dienstfreie Zeit doch nicht frei verfügen. Ihr Mann fühlte es deutlich, was seine Frau umtrieb und weshalb sie sich bloß mit halber Kraft auf das Ausfüllen des vor ihnen liegenden Sonntags konzentrierte.

Natürlich wollte Beate Winterkorn mit ihrem Mann, wie fast jeden zweiten Sonntag, auf den Friedhof gehen, um dem Sohn frische Blumen aufs Grab zu stellen. Doch an diesem Morgen war sie von einem anderen Wunsch beseelt, da sie ja erst am vergangenen Wochenende dort gewesen waren. Beate wollte zum Gottesdienst in die Klosterkirche, einen Ort, der keine hundert Meter vom Fundort der Leiche entfernt liegt.

Mitten im Grünen steht das historische Gotteshaus umgeben von mächtigen, hoch in den Himmel gewachsenen Bäumen und eingebettet in die mittelalterlichen Bauten, die das längst Vergangene zu einem Stück Gegenwart werden lassen.

Die Sonne lachte vom Himmel. Beate und Jens Winterkorn schlossen ihre Fahrräder an und gingen in die Kirche hinein.

Es war kühl und dunkel. Aber die Stille vor den Ornamenten und heiligen Bildnissen übertrug sich auf die beiden und ließ sie sich vereinigen mit den Seelen der Entschlafenen, ja mit Gott selbst.

Beide benötigten gelegentlich dieses Gefühl inneren Trostes, damit der Schmerz über den verlorenen Sohn erträglicher wurde.

Zuerst glaubte Beate Winterkorn ihren Augen nicht trauen zu können, doch dort schräg links vor ihr saß allein in einer Kirchenbank Michael Döblitz. Das konnte kein Zufall sein. Unmöglich!

Warum zog es einen der Hauptverdächtigen an diesen Ort, der dem des Verbrechens räumlich so nah war? Und wieder musste Beate einsehen, wie klein diese Stadt war und dass man hier jeden überall treffen konnte. Außerdem wurde ihr erneut einmal mehr als deutlich vor Augen geführt, dass sich Dienstliches und Privates nicht so einfach voneinander trennen ließen.

Jens hatte längst bemerkt, dass seine Frau etwas entdeckt hatte, das sie zutiefst zu beunruhigen schien. Er sah auch, dass der einsame Mann vorne in der Kirchenbank der Grund ihres besonderen Interesses war. Doch er wusste nicht, um wen es sich handelte, und seine Frau Beate schwieg.

So feierten sie gemeinsam mit der Handvoll anderer Besucher Gottesdienst und lauschten bedächtig der Sonntagspredigt.

Als sich der Gottesdienst seinem Ende näherte, beobachtete Beate Michael Döblitz, der sie noch immer nicht bemerkt hatte. Sie sah ihn weinen.

Da saß dieser abgebrühte Mann am Sonntagvormittag in der Klosterkirche im Gottesdienst und weinte. Sie wollte nicht, dass er sie bemerkte und ging mit Jens aus der Kirche hinaus. Doch eine Frage ließ sie fortan nicht mehr los: Wer war dieser Mann wirklich? Trat dort ein Mörder vor seinen Schöpfer, um zu beichten? Oder hielt er Fürbitte für einen ihm sehr gut bekannten, ja vielleicht vertrauten Menschen, von dem er wusste, dass er oder sie der Mörder war? Oder beweinte er einfach das tote Mädchen, dessen Geliebter und Vater ihres Kindes er möglicherweise war? Wer war Michael Döblitz wirklich?

Den restlichen Sonntag verbrachten Beate und Jens in vertrauter Zweisamkeit.

20

Am Montagvormittag wurde Beate das Ergebnis der DNA-Analyse durchgefaxt, woraus eindeutig hervorging, dass es sich bei Michael Döblitz nicht um den Vater des Kindes der Ermordeten handelte. Die Hauptkommissarin beschloss daraufhin, gemeinsam mit ihrem Kollegen Bernhard zur Firma CeBaTa nach Stöckheim zu fahren, um Döblitz die Neuigkeiten mitzuteilen.

Eine halbe Stunde später saßen die beiden Ermittler im Büro des Prokuristen. Döblitz verstand nicht, weshalb Beate Winterkorn ihn so prüfend ansah. Sie wiederum glaubte, dass er im Gegensatz zum Vortag ganz der Alte war.

„Der Vater des Kindes bin ich also nicht. Wie beruhigend. Aber ich habe Ihnen das ja vorher gesagt."

„Die getötete Frau muss zu Ihnen gewollt haben. Daran besteht für mich kein Zweifel", ließ Beate Winterkorn nicht locker.

„Möglicherweise wollte sie zu mir. Wenn sie eine entschiedene Atomkraftgegnerin gewesen ist, wollte sie mir vielleicht ins Gesicht sagen, was ich ihrer Auffassung nach für ein Arschloch bin. Doch zu dieser Begegnung ist es nie gekommen. Sie hat nicht mich, sondern vermutlich ihren Mörder getroffen."

„Sie ist in Ihrem Häuschen gewesen", bohrte die Hauptkommissarin weiter.

„Ich habe wirklich keine Ahnung", lächelte Döblitz selbstsicher und zufrieden.

In diesem Augenblick dachte sie an die Situation in der Kirche vom Vortag. Jetzt wollte sie eine verwundbare Stelle des Mannes treffen.

„Warum haben Sie gestern Morgen in der Klosterkirche so bitterlich geweint?"

Irritiert sah Döblitz die Hauptkommissarin an. Ihr Kollege Bernhard zeigte sich nicht minder überrascht von dieser Vorgehensweise.

„Woher wissen Sie das?" fragte er sofort in sehr gefasstem Tonfall.

„Ganz einfach! Ich habe mit meinem Mann zusammen hinter Ihnen gesessen."

„Braunschweig ist doch ein Dorf. Ich habe Sie gar nicht bemerkt. Mein Vater hatte gestern seinen Todestag. Plötzlich überkam es mich. Ich habe keine Erklärung."

Der Todestag seines Vaters? Sollte die Kriminalistin ihm das glauben? Sie hielt es für eine Ausrede, die ihm spontan eingefallen sein musste, und ging nicht weiter darauf ein.

Beate Winterkorn fragte Döblitz nach einer Liste, auf der alle Mitarbeiter dieser Firma verzeichnet waren. Sie hielt das für eine gute Idee. Vielleicht könnte sie ihren Kollegen helfen. Es ließ doch im Grunde keine andere Erklärung zu, als dass ein Mitarbeiter dieses Hauses die Schläger engagiert hatte, um der Demonstration ein blutiges Antlitz zu verleihen.

Döblitz sagte der Hauptkommissarin zu, dass er ihr die Liste schnellstmöglich zufaxen werde.

„Ich glaube, wir haben sie im letzten Jahr nicht aktualisiert. Kann sein, dass dort noch Doktor Meyn als unser Atomphysiker draufsteht. Das ist aber seit etwa einem Dreivierteljahr unser Doktor Rademann. Deshalb muss ich die Liste erst überprüfen, bevor ich sie Ihnen geben kann“, sagte Döblitz.

„Weshalb ist denn der andere Physiker nicht mehr bei Ihnen?“ fragte Bernhard.

„Er ist leider verstorben“, gab der Prokurist zur Antwort.

„War er denn alt?“ zeigte nun auch Beate Winterkorn Interesse an diesem Mann.

„Nein, war er nicht. Gerade mal Anfang fünfzig.“

„Was hat er gehabt?“ wollte Bernhard wissen.

„Er hat sich bedauerlicherweise das Leben genommen.“

„Weiß man warum?“ löcherte Bernhard Döblitz weiter.

„Eheprobleme, soweit ich weiß.“

Nun gaben die Ermittler Ruhe. Frau Winterkorn äußerte den Wunsch, Herrn Wedderkopf noch wegen der Schmierereien an seiner Hauswand sprechen zu dürfen.

„Selbstverständlich. Wissen Sie denn schon, wer es war?“

Die Kommissare lächelten Döblitz an und schwiegen. Der verstand und brachte sie zum Chef.

Wedderkopf wurde in einer durch Hektik geprägten Arbeitsphase unterbrochen, als Döblitz dessen Bürotür öffnete und ihm die Kommissare ankündigte.

Wedderkopf signalisierte sein Einverständnis und tauchte regelrecht aus einer Art Versenkung wieder auf. Von einer Sekunde zur anderen stellte er sich auf seine Besucher und die dadurch entstehende neue Situation ein. Er war die Freundlichkeit in Person und vermittelte den Kommissaren das Gefühl, unbegrenzt Zeit für sie zu haben und uneingeschränkt für sie da zu sein.

„Haben Sie mir etwas Neues zu berichten?“ strahlte er Zuversicht aus.

„Kennen Sie das Gartenhäuschen von Herrn Döblitz?“ fragte Beate.

„Aber natürlich kenne ich es. Ich kenne auch seinen Garten und die ganze Gartenanlage. Was soll die Frage?“

„Waren Sie vor zehn Tagen, also am vorletzten Freitag, dort?“ wollte Beate nun von ihm wissen.

„Darf ich Ihre Frage dahin gehend interpretieren, dass Sie mich in die Ecke eines Mordes stellen wollen?“ fragte er zurück.

„Sie sollen unsere Frage nicht interpretieren, sondern beantworten“, riet ihm Bernhard.

„Nein. Ich bin zum fraglichen Zeitpunkt nicht dort gewesen. Punkt.“

„Den Punkt setzen wir“, zischte Beate. „Kennen Sie einen einbeinigen Mann?“

„Was sollen denn solche Fragen? Ich kenne keinen einbeinigen Mann.“

„Ist es richtig, dass ein Mitarbeiter dieses Hauses vor knapp einem Jahr Selbstmord begangen hat?“ fragte die Hauptkommissarin weiter.

„Das ist richtig. Doktor Meyn war der fähigste Mann auf dem Gebiet der Atomphysik, den ich kannte. Sehr zu meinem Bedauern hat er es vorgezogen, vom Dach eines Hochhauses zu springen. Eheprobleme, hat es geheißen. Sie sehen also, auch Genies scheitern zuweilen an den Banalitäten des Lebens. Wir haben jetzt Doktor Rademann, und ich bin sehr zufrieden mit ihm. Sonst noch Fragen?“

Beide schüttelten mit dem Kopf.

„Dann habe ich noch eine. Kommen Sie voran wegen der Schmierereien an meinem Haus?“

„Schön, dass Sie nicht danach gefragt haben, ob wir vorwärtskommen mit den Ermittlungen wegen der Gewalttäter, die sich unter die friedlichen Demonstranten vor Ihrer Firma gemischt haben", sagte Beate mit eiserner Miene.

„Das natürlich auch. Aber die andere Sache liegt ja schon viel weiter zurück", versuchte er sich zu rechtfertigen.

„Wir sind dran", lächelte Beate etwas versöhnlicher und blies zum Aufbruch.

21

Am Nachmittag hielt die Hauptkommissarin die angeforderte Liste mit allen Mitarbeitern der Firma CeBaTa in den Händen. Döblitz hatte Wort gehalten und sie ihr gefaxt. Da sie nichts damit anfangen konnte, brachte sie sie hinunter zu Justus Ohlendorf.

Der zeigte sich erfreut über den neuerlichen Besuch seiner charmanten Kollegin aus der oberen Etage. Noch mehr schien es ihn aufzumuntern, dass Beate mitgedacht hatte und ihm diese Liste vorbeibrachte. Zum Dank bot er ihr einen frisch gekochten Kaffee an.

Nachdem Beate ihn mit Genuss getrunken hatte, ging sie desillusioniert in ihr Büro zurück. Sie ließ sich auf den verhältnismäßig harten Stuhl hinter ihrem Schreibtisch fallen und starrte verloren vor sich hin. Sie kam nicht weiter. Befragungen über Befragungen, die dazu führten, das eine oder andere Puzzlestück dem Gesamtbild hinzuzufügen. Doch es blieb unkenntlich. Was sich am Rande zuweilen konturenscharf auftat, zerfiel in der Mitte des Bildes wieder in jene Einzelteile, die zwar alle eine Bedeutung, aber erst im Zusammenhang einen Sinn ergeben. Es fehlten der Hauptkommissarin die Verbindungen der Einzelteile untereinander, die Beziehungen zueinander.

Sie legte eine Art Portfolio an und schrieb alle Namen mit verschiedenfarbigen Filzstiften auf unterschiedliche Blätter. Dann notierte sie zu jedem Namen in Stichworten, was sie herausgefunden hatte.

Beate schob die Zettel auf dem Tisch hin und her. Dadurch veränderte sich gar nichts. Nun heftete sie sie alle an die Pinnwand und sah sie sich aus der Distanz an. Das führte dazu, dass ihr einfiel, sich beim Augenarzt anzumelden. Sie benötigte dringend eine Lesebrille. Sie hatte Schwierigkeiten, die Namen, die sie zuvor aufs Papier geschrieben hatte, aus dieser Entfernung noch problemlos zu entziffern.

Trotzdem fiel ihr ein Name ins Auge. Beate hatte ihn an diesem Tag zum ersten Mal gehört. Es handelte sich um Doktor Meyn. Sie hatte außer dem Wort „Selbstmord" nichts weiter zu diesem Namen aufgeschrieben. Nun lächelte er sie an, als wolle er ihr sagen: „Nimm mich. Öffne das Türchen, das sich hinter meinem Namensschild verbirgt!"

Natürlich gab es einen Grund, weshalb Beate der Name dieses Mannes nicht kaltließ. Er war immerhin Atomphysiker gewesen und gewaltsam aus dem Leben geschieden. Eine Kriminalistin war stets gut beraten, dort anzusetzen, wo Gewalt offen zutage getreten war.

Sie rief Döblitz in dessen Firma an und fragte ihn, ob er ihr die Adresse von der Witwe sagen könnte. Etwas verwundert darüber nannte er sie der Hauptkommissarin, und sie rief prompt bei der Frau an. Ohne Umschweife erklärte sie ihr, worum es ging. Frau Meyn signalisierte Gesprächsbereitschaft und bat die Kommissarin, einfach bei ihr vorbeizukommen.

Beate Winterkorn packte die Büroflucht. Sie konnte ihren ganzen Papierkram nicht mehr sehen und fuhr nach Veltenhof in die Pfälzer Straße, wo Frau Meyn ein Haus bewohnte.

Hannelore Meyn öffnete der Kriminalbeamtin und bat sie in ihr Wohnzimmer, von dem aus der Blick über die Ufer der Oker hinweg sich in der Weite der Felder verlor.

„Schön haben Sie es hier", merkte Beate an.

Frau Meyn lächelte und fragte, ob sie der Kommissarin Kaffee anbieten dürfte. Beate sagte nicht Nein und dachte, dass ihr am heutigen Tag schon zum zweiten Mal Kaffee angeboten wurde.

Die Hausherrin war groß und schlank, trug einen langen lila Rock und Pumps, dazu eine weiße Bluse. Ihr schwarzes Haar hatte sie zu einem langen Zopf zusammengeflochten. Elegant bewegte sie sich zwischen den Möbelstücken in ihrem Wohnzimmer hindurch.

Kurze Zeit später kam sie mit dem Kaffee herein und entnahm ihrem antiken Wohnzimmerschrank Porzellangeschirr, das sie auf den Holztisch stellte, um darin den Kaffee zu servieren.

Das heiße Getränk tat gut und verteilte auf angenehme Weise Wärme im Körper, nach der Beate an diesem Tag innerlich lechzte, da es draußen gerade einmal wieder für die Jahreszeit zu kühl war.

Die Frauen redeten über den Mädchenmord von Riddagshausen ebenso wie über die blutige Demonstration vor den Toren der Firma CeBaTa. Die Hauptkommissarin musste peinlich genau darauf achten, ihrem Gegenüber nur das mitzuteilen, was in der Zeitung gestanden hatte. Doch sie war geübt darin, verbindlich zu wirken, ohne etwas Verbindliches von sich zu geben.

„Haben Wedderkopf oder Döblitz irgendetwas über meinen Mann gesagt?“ fragte Frau Meyn mit einem Anflug von Besorgnis.

„Keine Angst. Gar nichts. Nur dass Ihr Mann vom Hochhaus gesprungen ist.“

„Haben sie Ihnen auch den Grund hierfür genannt?“ wollte Frau Meyn wissen.

„Eheprobleme.“

„Die konnten ja wahrhaftig nicht ausbleiben bei einem solchen Job, den mein Mann hatte. Ich war seit Langem nicht mehr einverstanden mit seinen Forschungen. Er selbst, und das habe ich zu spät bemerkt, ist krank über seine Arbeit geworden.“

„Krank?“

„Ja. Er war lange Zeit in Bad Harzburg in einem Sanatorium bei Professor Praetorius.“

„Darf ich fragen, um was für ein Sanatorium es sich gehandelt hat?“

„Psychiatrie. Geschlossene Anstalt.“

Völlig entgeistert sah Beate Winterkorn Frau Meyn an. Worte fand sie keine.

„Mein Mann hat drei Monate in der Klapsmühle verbracht. Er war kurz davor, wahnsinnig zu werden. Professor Praetorius hat die beginnende Schizophrenie meines Mannes erfolgreich behandelt. Er konnte danach wieder entlassen werden und hat ein gutes halbes Jahr später seine Arbeit bei CeBaTa wieder aufgenommen. Doch dann sprang er ohne Vorwarnung vom Hochhaus. Es muss entsetzlich gewesen sein. Sein Gesicht war bis zur Unkenntlichkeit zerstört. Man hat mir davon abgeraten, meinen Mann ein letztes Mal anzuschauen. Ich habe den Rat befolgt.“

„Hatten Sie denn den Eindruck, dass Ihr Mann nach dem Aufenthalt im Sanatorium wieder genesen war?“

„Schwer zu sagen. Leider bin ich im Umgang mit Geisteskranken wenig geübt. Ich weiß nicht, wann und wie man so etwas erkennt. Mein Mann war ein absolutes Genie. Das Wort ‚Normalität‘ hat er nicht akzeptiert. Die Gesetze der Physik sind wie Bojen auf dem Meer. Man muss sie erkennen und auf seinem Weg so um sie herumfahren, dass man das Fahrwasser nicht verliert. Physik bringt keine Normalität hervor. Normalität ist Abwesenheit tiefer Erkenntnis.“

„Hat Ihr Mann das gesagt? Sind derartige Äußerungen nicht der Beginn des Wahnsinns?“ fragte Beate Winterkorn mehr sich selbst als ihr Gegenüber.

„Das entzieht sich meiner Kenntnis, Frau Kommissarin. Ich weiß nicht, wann ein Mensch die Schwelle zum Wahnsinn übertritt: Vielleicht sollten Sie sich mal einen Termin bei Professor Praetorius geben lassen. Der Mann ist ein Ass im Erkennen und Behandeln von Verformungen der Seele, wie er es nennt.“

„Was genau hat Ihren Mann krankgemacht?“

„Die Forschung. Er war in der Lage, eine Bombe zu bauen, die alles Leben auf diesem Planeten vernichtet hätte. Gott hat seiner Schöpfung den Intellekt beigemischt, damit Weiterentwicklung durch Intelligenz gesteuert werden kann. Einsicht und Planung statt Versuch und Irrtum. Der Intellekt aber hat seine ihm übertragenen Aufgaben ins Gegenteil verkehrt. Er bringt sich ein zur Vernichtung der Schöpfung. Das Denken hat sich als die verheerendste Stufe der Evolution erwiesen."

„Wenn man so einen Job hat, wie Ihr Mann ihn hatte, drängen sich solche Gedanken wohl zwangsläufig auf. Ist das wirklich schon der Beginn von Wahnsinn? Aber sagen Sie mir doch bitte einmal, warum forscht eine Braunschweiger Firma an so einer Bombe?"

„Vordergründig geht es immer um die friedliche Nutzung der Atomenergie und die Entsorgung von Atommüll. Wenn man aber Geschäfte machen will, muss man auch über den Tellerrand hinausschauen. Was glauben Sie wohl, warum Herr Wedderkopf den Atommüll aus der Asse zwischenlagern und aufbereiten will?"

„Ich weiß es nicht."

„Dann sage ich es Ihnen. Auf diese Weise kann Wedderkopf Lockerungen gewisser gesetzlicher Beschränkungen erwirken. Und so kann er das notwendige Material zum Bau einer Bombe an Menschen weiterleiten, die durch ihre unmögliche Art des Regierens ihre Länder im Ansehen vieler zu sogenannten Schurkenstaaten machen. Deshalb ist mein Mann vom Dach eines Hochhauses gesprungen. Er wollte und konnte das nicht mehr länger mit seinem Gewissen vereinbaren. Wedderkopf war in seinen Augen der Wahnsinnige. Aber meinen Mann hat man eingesperrt. Seither weiß ich nicht mehr so genau, wer wann aus welchen Gründen als verrückt eingestuft werden muss."

„Das verstehe ich durchaus, Frau Meyn. In diesem Zusammenhang habe ich eine andere Frage. Ihr Mann hat doch auch mit Herrn Döblitz zusammenarbeiten müssen. Hat er Ihnen gegenüber mal eine Einschätzung von diesem Herrn abgegeben?"

„Er hat nur einmal gesagt, dass der den Alten und seine Geschäftspolitik ebenso wenig leiden kann."

„Ebenso wenig wie Ihr Mann selbst. Ist Döblitz ein gläubiger Mensch?" wollte Beate Winterkorn wissen.

„Tut mir leid. Das entzieht sich meiner Kenntnis. Ich weiß nichts über diesen Mann."

Mehr wusste Beate nun auch nicht zu fragen, und sie sprachen ein bisschen über Belanglosigkeiten.

22

Es war lange her, dass Michael Döblitz gemeinsam mit seiner Frau essen gegangen war. In der Gegenwart beschäftigten ihn mehr seine Internetbekanntschaften. Von daher hatte es ihn einige Überredungskünste gekostet, von seiner Frau ein Ja zu diesem gemeinsamen Abend zu bekommen.

Michael hatte einen Tisch im Blockhouse gegenüber dem Staatstheater bestellt. Was er vermutlich nicht wusste, war die Tatsache, dass diese Straße Braunschweigs im Mittelalter Ehebrecherstraße geheißen hat. Hierhin wurden tatsächlich Menschen verbannt, die gegen das sechste Gebot verstoßen hatten. Irgendwann musste es den alten Braunschweigern wohl zu bunt gewesen und eine Ehebrecherstraße zu peinlich geworden sein, und sie benannten sie kurzerhand um in Ehrenbrechtstraße. Von der sind heute lediglich noch die zwei Straßenschilder auf der rechten und der linken Seite vom Blockhouse übrig geblieben, da es sich im Wesentlichen um eine große Straßenkreuzung handelt.

„Was verschafft mir die Ehre, dass du mich zum Essen einlädst?" fragte Marina ihren Mann mit Argwohn.

„Ich möchte dich offiziell für alles, was ich dir mit meiner Fremdgeherei angetan habe, um Entschuldigung bitten."

„Ach? So einfach soll das gehen?"

„Nein. Es kann nur der Anfang eines Neubeginns sein. Der kann nichts ungeschehen machen, aber er könnte eine Chance sein."

„Wofür?"

„Ich war gestern in der Kirche. Der Pastor hat unter anderem unseren Trauspruch in der Predigt erwähnt. Es ist mir gleich aufgefallen. Ich habe geheult wie ein Schlosshund."

„Eure Liebe sei aufrichtig. Verabscheut das Böse. Tut mit ganzer Hingabe das Gute. Eure Liebe untereinander sei herzlich. Seid eines Sinnes."

„Du weißt das auswendig? Aber das ist doch schon eine halbe Ewigkeit her."

„Mir kommt's vor wie eine ganze Ewigkeit."

„Ich habe unseren Trauspruch vergessen, und an ihn gedacht habe ich auch nicht mehr. Es tut mir leid." Er senkte den Blick.

„Woher kommt deine plötzliche Wandlung?"

„Es sind grundsätzliche Fragen des Lebens, die mich umtreiben und mir keine Ruhe lassen."

„Was denn zum Beispiel?"

„Wie ich dich nur so furchtbar kränken konnte."

Marina nahm Michaels Hand und hielt sie eine Weile. Dann kam eine Kellnerin und fragte nach dem Essenswunsch. Sie hatten noch nicht gewählt und benötigten noch etwas Zeit.

23

Es war längst dunkel geworden. In Stöckheim im Hause der Firma CeBaTa brannte das Licht im vorgelagerten Häuschen des Pförtners. Der alte Mann besserte seine mäßige Rente auf, in dem er die Nächte hier lesend in seinem Pavillon verbrachte. Er litt ohnehin an chronischer Schlaflosigkeit und verdoppelte auf diese Weise seine Bezüge. Die Nächte verliefen im Allgemeinen ruhig. Auch Atomkraftgegner kamen nicht in der Nacht, um sich mit einem alten Mann am Eingang anzulegen. Ihm ließ man seinen Frieden, auch wenn sich nicht jeder damit einverstanden erklärte, wen er sich als Brötchengeber ausgesucht hatte.

An diesem Montagabend sollte es anders kommen. Der alte Mann las wie gewohnt in einem Kitschroman. Sein Radio spielte leise im Hintergrund.

Da kam wie aus dem Nichts ein Mann durch die Dunkelheit und öffnete das automatische Rolltor. Jetzt war der Pförtner aufgeschreckt und kam aus seinem Pavillon herausgelaufen.

„Was machen Sie da?" rief er dem Mann, der komplett schwarz gekleidet war, zu.

Der blieb wie ein Unbeteiligter stehen. Bis auf wenige Meter kam der Pförtner heran und leuchtete dem Eindringling mit der Taschenlampe ins Gesicht.

In diesem Augenblick sprang der Mann in Schwarz vor, zog einen harten Gegenstand aus der Manteltasche und schlug ihn dem Pförtner über den Kopf.

„Um Gottes willen!" schrie der noch, dann sank er lautlos zu Boden.

Der Mann in Schwarz steckte den Gegenstand wieder ein. Dann ging er weiter auf das Gebäude der CeBaTa zu, schloss mit einem normalen Schlüssel die Tür auf und ging hinein.

Zielsicher bewegte er sich durch die Gänge und leuchtete die dunklen Flure mit seiner Taschenlampe ab. Er gelangte in das Zimmer von Doktor Rademann und fuhr dessen Computer hoch. Er öffnete Programme, schob einen Stick in den PC, kopierte Daten und ließ das Gerät einfach laufen. Er selbst ging so wieder hinaus, wie er hereingekommen war und verschloss den Gebäudekomplex nicht wieder.

Als er das Gelände verließ, sah er nach dem alten Mann, der noch immer unverändert so dalag. Der Eindringling ging in den Pavillon des Pförtners, wählte die Nummer der Polizei und meldete unter dem Namen des Pförtners den Überfall. Anschließend ging er seelenruhig davon.

Zehn Minuten später durchzuckten Blaulichter von Polizei und Feuerwehr die Nacht.

Beate Winterkorn war auch sehr schnell zur Stelle. Sie wohnte nicht weit entfernt in der Südstadt. Sie hatte mit ihrem Mann zusammen ferngesehen, als der Anruf kam.

Der alte Mann saß inzwischen im Feuerwehrkrankenwagen. Sein Kopf wurde verbunden.

Beate Winterkorn durfte den Mann kurz routinemäßig befragen. Er erzählte ihr, was er beobachtet hatte.

„Der Mann hat einfach das Einfahrtstor geöffnet. Es hatte den Anschein, als wüsste er, wie das geht. Ich bin hingelaufen, habe ihn mit meiner Taschenlampe angeleuchtet, und dann hat er mir eins über den Schädel gehauen. Ich habe sein Gesicht nur kurz gesehen. Aber mir war es, als wenn ich den Mann irgendwoher kennen würde."

„Überlegen Sie in aller Ruhe. Vielleicht fällt es Ihnen ja wieder ein. Alles Gute für Sie", wünschte Beate Winterkorn dem alten Mann, der daraufhin ins Krankenhaus gebracht wurde.

Nun bat sie die Kollegen, Wedderkopf zu holen. Es musste untersucht werden, worauf es der Einbrecher abgesehen hatte. Außerdem wollte die Hauptkommissarin, dass Wedderkopf von jetzt an unter Polizeischutz gestellt wurde. Für sie war klar: Da lief etwas. Und es lief auf etwas zu, das aber noch völlig im Nebulösen lag.

Eine halbe Stunde später brachten uniformierte Kollegen den völlig aufgebrachten Wedderkopf zu seiner Firma. Der Mann war außer sich und brüllte herum vor Wut, nachdem er aus dem Polizeiwagen ausgestiegen war.

„Es wird nicht besser dadurch, dass Sie hier herumschreien", sagte Hauptkommissarin Winterkorn und begrüßte den Firmeninhaber mit Handschlag.

„Sie haben ja recht", gestand er freimütig ein.

„Wollen wir gemeinsam ins Haus gehen und nachschauen, was der Einbrecher gesucht und vielleicht auch gefunden hat?" schlug die Ermittlerin vor.

Wedderkopf nickte und ging den Beamten voraus. „Es ist ja nichts aufgebrochen. Hat denn der Täter einen Schlüssel gehabt?"

„Sieht fast so aus", antwortete Beate Winterkorn etwas irritiert.

„Das glaube ich einfach nicht. Um Gottes willen, was geht hier vor?" schrie Wedderkopf völlig hysterisch.

„Wer hat denn alles einen Schlüssel zu Ihrer Firma?" wollte die Hauptkommissarin wissen.

„Rademann und Döblitz. Sonst niemand", sagte Wedderkopf und betrat aufgeregt sein Büro, wo der Computer noch lief. Unschwer konnte der Mann erkennen, welches Programm dort aufgerufen worden war. Auf Wedderkopfs Stirn bildeten sich Schweißperlen. Alles in ihm wehrte sich, begreifen zu wollen, was er sah. „Das Programm unterliegt größter Geheimhaltung. Nur Rademann und Döblitz haben Zugriff darauf. Wenn der Einbrecher das kopiert haben sollte, wovon ich ausgehe, dann hat sich sein Einbruch gelohnt. Dann bin ich ruiniert."

„Was kann ein Einbrecher mit den Interna Ihrer Firma anfangen?" fragte Beate Winterkorn.

„Er kann alles an die Konkurrenz verkaufen. Betriebsspionage. Doch die Daten kann nicht irgendwer geklaut haben. Da kommen nur Doktor Rademann oder Döblitz infrage. Beide Männer genießen im Hause eine Vertrauensstellung."

„Dann fahren wir hin zu ihnen", schlug Beate vor, während Wedderkopf den Computer herunterfuhr und ihr zustimmte.

Die Spurensicherung hatte vor Ort noch einige Aufgaben zu erledigen. Als sie hinaus und zurück zum Parkplatz gingen, geisterte Beate das Wort „Betriebsspionage" durch den Kopf. Einmal gehört am heutigen Abend – und es ging ihr nicht mehr aus dem Kopf. Seltsame Gedanken boten sich an und drängten sich später auf. Im Kapitalismus sind Wettbewerb und Konkurrenz erwünscht und gefordert. Beides belebt den Markt. Aber letztlich macht es Menschen innerhalb desselben Systems zu Todfeinden, weil hinter allem der Profit steht. Profitsucht gebiert Unmenschlichkeit und bietet sich nur zu gern als Quelle unglaublicher Verbrechen an!

Marina Döblitz kam schlaftrunken an die Haustür, nachdem das Klingeln kein Ende nehmen wollte. Sie hatte sich auf dem Weg vom Bett zur Tür ein paar Worte des Fluchens zurechtgelegt, die ihr aber auf den Lippen erstarben, als sie den Chef ihres Mannes in Begleitung der Polizei erkannte. Sie bat sie kurzerhand herein und entschuldigte sich dafür, nur mit einem Schlafanzug bekleidet zu sein, woraufhin Beate Winterkorn den Spielball zurückgab und für die nächtliche Störung mit dem Verweis der Dringlichkeit um Entschuldigung bat.

Michael Döblitz betrat im Bademantel das Wohnzimmer, da er von den Stimmen im Haus aufgewacht war. Wedderkopf redete überfallartig auf ihn ein und schilderte die Ereignisse derart aufgeregt, dass keine chronologische Abfolge herauszuhören war und Döblitz die Brocken, die er verstand, selbst zu einem Ganzen zusammensetzen musste.

„Es können doch aber nur Rademann und du an meine Daten heran“, rief Wedderkopf verzweifelt aus.

„Du glaubst doch nicht etwa, dass Rademann ...?“ Döblitz empfand den Gedanken als so ungeheuerlich, dass er nicht wagte, ihn ganz auszusprechen.

„Oder du!“ knallte Wedderkopf dem Freund eiskalt an den Kopf.

„Ich? Bist du verrückt geworden? Kreuzt du deshalb hier mitten in der Nacht auf?“ packte Döblitz die Wut.

„Nein, natürlich nicht. Bitte entschuldige. Ich bin so durcheinander“, fasste sich Wedderkopf an die Stirn.

Döblitz fragte nach der Zeit des Einbruchs. Als er sie hörte, sagte er ganz gelassen: „Da habe ich mit meiner Frau noch im Blockhouse gesessen.“

„Schön für dich. Dann hast du ja ein Alibi. Bleibt nur noch Rademann“, entgegnete Wedderkopf und bat Döblitz, mit ihm am Morgen zu prüfen, wie hoch der Schaden wirklich war. Die nächtlichen Besucher wünschten dem Ehepaar noch eine verbleibende gute Nacht und verabschiedeten sich. Sie wollten weiter zu Rademann.

„Ich bin also dein Alibi“, sagte Marina zu ihrem Mann, nachdem die anderen fort waren.

„Ich brauche nicht mehr lange ein Alibi.“

„Wie soll ich das verstehen?“

„Warte es einfach ab“, riet Döblitz seiner Frau.

„Ich habe schon sehr lange gewartet. Auf dich. Es war sehr schön vorhin. Aber die ganze Zeit habe ich mir die Frage gestellt, ob ich gerade mit einem Mörder geschlafen habe.“

24

Am nächsten Morgen konnte Beate Winterkorn etwas länger schlafen, da sie die halbe Nacht gearbeitet hatte. Auch Rademann hatte ein Alibi vorzuweisen und war ähnlich empört über die Verdächtigungen seines Chefs.

Als Beate dann am Morgen aufstand und in ihre Küche ging, um sich frischen Kaffee zu kochen, beschloss sie, vor Dienstbeginn einen Spaziergang durch den Wald zu machen. Sie benötigte frische Luft und durchschritt allein den Wald vor ihrer Haustür.

Normalerweise handelt es sich bei Vormittagen außerhalb der Ferien um eine kinderlose Zeit, da diese in Schulen oder Kindertagesstätten verweilen. Doch an diesem Vormittag verhielt es sich im Mascheroder Holz anders.

Eine der Grundschullehrerinnen schien dieselbe Eingebung wie die Hauptkommissarin gehabt zu haben. Um das schöne Wetter ausnutzen, hatte sie ihren Unterricht kurzerhand ins Freie verlegt und ließ die Kleinen die Wunder des Waldes entdecken.

Vielleicht handelte es sich auch um eine Projektwoche mit dem Thema „Wald“. Jedenfalls empfand die Kriminalistin die laute gellende Stimme der Pädagogin als störend in ihrer Sehnsucht nach Ruhe. Doch diese benötigte eine solche Stimme, um sich bei den vor Begeisterung laut verhaltenden Grundschulkindern immer wieder Gehör zu verschaffen. Dieser Lautstärke wollte Beate Winterkorn nicht ständig ausgesetzt sein, und sie bekam eine Ahnung davon, was an den Nerven von Lehrkräften vermutlich so zehrte, dass die meisten ihre Pensionsgrenze nur tot oder als Frühpensionäre erreichten.

Im ersten Augenblick verfluchte Beate diese Kindergruppe, da sie ihr die gewünschte Ruhe raubte. Doch dann dachte sie sehr schnell darüber nach, ob es der Wink des Schicksals, göttliche Fügung oder einfach nur Zufall war, dass sie zu dieser Stunde in den Wald gegangen war und auf die Schülergruppe traf.

Die Kinder stapften vor Freude durch den Wald. Ihre Lehrerin ordnete nun an, dass alle gemeinsam ein Lied anstimmten, das sie vermutlich in Vorbereitung auf ihren Waldausflug gelernt hatten.

Als Beate sah, wie vergnügt und unbeschwert die Rasselbande durchs Holz zog, hob sich ihre Stimmung ein wenig, da sie sich zurückversetzt fühlte in ihre eigene Kinderzeit, jene Epoche im Leben eines Menschen, die mit den Begriffen „Unwissenheit" und „Unschuld" treffend charakterisiert werden kann.

Alle diese durch den Wald streifenden Kinder betrachteten die Welt aus den Augen der Unwissenden mit Spannung und Staunen und entdeckten neu, was Millionen vor ihnen längst entdeckt hatten, wofür der aufgeklärte Erwachsene zuweilen keinen Blick mehr hatte. Die Wunder der Schöpfung boten sich an, um gesehen zu werden, doch der fortgeschrittene Mensch war häufig nicht mehr offen für gottgegebene Schönheiten, weil seine Naturinstinkte im Zeitalter der Zivilisation abgestumpft waren. Wer sah in einem Wassertropfen auf einem grünen Blatt, in dem das Sonnenlicht sich brach und in seine Spektralfarben zerfiel, so etwas wie eine Perle?

Da lauschte Beate Winterkorn den singenden Kindern und hörte jenes Lied, das ihr sehr vertraut war und sie an ihre eigene Kindheit erinnerte.

Ein Männlein steht im Walde ganz still und stumm,
Es hat vor lauter Purpur ein Mäntlein um,
Sagt, wer mag das Männlein sein,
Das da steht im Wald allein
Mit dem purpurroten Mäntelein?

Das Männlein steht im Walde auf einem Bein,
Und hat auf seinem Haupte schwarz Käppelein,
Sagt, wer mag das Männlein sein,
Das da steht im Wald allein,
Mit dem kleinen schwarzen Käppelein?

Eine Textzeile setzte sich in ihrer Gedankenwelt fest: „Ein Männlein steht im Wald auf einem Bein“. Und mit einem Mal war das Bild vom Pilz in ihrem Kopf. Ob von den Kindern gemeint oder nicht, Beate Winterkorn dachte an den einbeinigen Mann.

Welch ein Zufall, dass diese Lehrerin mit ihren Kindern im Wald den Weg der Hauptkommissarin kreuzte!

Augenblicklich war ihr klar: Es gab den einbeinigen Mann überhaupt nicht. Bei der „Aktion: Einbeiniger Mann“ handelte es sich zweifelsfrei um einen Pilz. Der Name war also ein Tarnname. Der Pilz. Ein schwerer Schauer lief Beate den Rücken hinunter und hinterließ auf ihrem gesamten Körper eine Gänsehaut.

In Gedanken sah Beate ihn zu Staub werden, sich riesenhaft vergrößernd und in den Himmel aufsteigen. Der Atompilz. Das verbarg sich hinter dem einbeinigen Mann. Beate Winterkorn wurde flau im Magen.

Auf der Stelle beendete sie ihren kleinen Abstecher in den Wald, der sie vermutlich weiter vorwärtsgebracht hatte als zwanzig Befragungen zuvor. Sie hatte einen Volltreffer gelandet. Entsprechend gutgelaunt betrat sie am späten Vormittag ihr Büro. Gleichwohl war sie auch bedrückt. Was plante die „Aktion: Einbeiniger Mann“? Wer verbarg sich hinter diesem Tarnnamen? Handelte es sich um eine militante Gruppe von Atomgegnern?

Kaum saß Beate Winterkorn auf ihrem Bürostuhl, klopfte es, und der Polizeipräsident stand persönlich vor ihr. Beate erschrak, weil sie jäh aus ihren Gedanken gerissen wurde, und erhob sich von ihrem Stuhl, um den hohen Herrn gebührend zu empfangen. Er grüßte freundlich und blieb gleich stehen.

„Frau Winterkorn, ich wollte es Ihnen persönlich sagen, da ich gerade im Haus bin und Sie noch nicht anwesend waren am heutigen Morgen, als ich eine Ansage an alle Kollegen machen musste. Am kommenden Wochenende wird uns eine hohe Delegation hier in Braunschweig besuchen. Ein Bundesminister wird dabei sein. Er fährt runter in den Asse-Schacht und stattet anschließend der Firma CeBaTa einen Besuch ab. Die Bundesregierung will ausloten, wo möglicherweise der zurückzuholende Atommüll aus der Asse zwischengelagert werden kann."

„Ich dachte, der Stadtrat hat schon abgelehnt, was die CeBaTa als Standort anbelangt."

„Liebe Frau Winterkorn! Bundesrecht bricht Landesrecht, Landesrecht bricht kommunales Recht – Sie kennen doch die Spielregeln."

„Was habe ich damit zu tun?"

„Bei der CeBaTa ist letzte Nacht eingebrochen worden. Wir müssen die höchste Sicherheitsstufe ausrufen. Alle Kollegen aus Braunschweig und dem Umland haben am Samstag Dienst. Sie auch. Bitte nehmen Sie entsprechende Anweisungen für den Tag entgegen. Ich melde mich."

Ohne eine Reaktion der Hauptkommissarin abzuwarten, verließ er deren Büro wieder und verschwand so plötzlich wie er aufgetaucht war.

Bei Beate fingen die Gedanken an zu kreisen. Die „Aktion: Einbeiniger Mann" konnte durchaus eine terroristische Organisation sein, die an diesem Samstag einen Anschlag gegen den zuständigen Bundesminister plante. Es kam ihr doch seit einiger Zeit schon so vor, als würde sich ein aufziehendes Unheil ankündigen, das mit dem Mord an Meike Sommer begann. Diese junge Frau musste etwas mit der geheimnisvollen Organisation zu tun gehabt haben. Warum ging sie zu Döblitz und wurde dort erschlagen?

Wollte Döblitz durch den Mord an ihr ein geplantes Attentat verhindern? Wer war der Boss der ominösen Organisation? Was steckte hinter allem und vor allen Dingen wer? Und warum schließlich hatte Döblitz im Gottesdienst in der Klosterkirche so bitterlich geweint?

Fragen über Fragen und weit und breit keine Antworten.

Nun lag auch noch der Einbruch der vorigen Nacht auf dem Schreibtisch der Hauptkommissarin. Stand er in unmittelbarem Zusammenhang mit dem Mord auf der einen Seite und dem möglichen geplanten Attentat auf der anderen Seite?

Unmöglich konnte Beate die Sache länger allein bearbeiten. Sie musste die Bundespolizei und die Terrorbekämpfung einschalten und ihnen mitteilen, was sie herausgefunden hatte.

In diesem Augenblick klopfte es wieder an der Bürotür. Der Staatsanwalt schaute vorbei und erkundigte sich nach Neuigkeiten. Die Hauptkommissarin erzählte ihm alles, und er riet ihr schnellstens zu handeln.

Nachdem er gegangen war, veranlasste sie die nötigen Schritte und weihte die anderen Instanzen ein.

Dann kam Kollege Lukas Bernhard zu ihr, dem sie zunächst alles Erlebte berichtete.

„Jetzt geht's los. Es beginnt sich zu runden", sagte er daraufhin.

„Die Frage ist nur, was? Wer hat bei CeBaTa eingebrochen? Döblitz oder Rademann?" rätselte Beate.

„Einer von beiden muss es gewesen sein. Der Nachtwächter hat doch gesagt, dass er den Einbrecher schon einmal irgendwo gesehen hat."

„Genau das ist der Punkt. Irgendwo! Er erinnert sich nicht mehr wo. Das heißt für mich, dass Döblitz und Rademann ausscheiden."

„Aber wer soll es denn dann gewesen sein? Der Täter hatte doch offenbar freien Zugang zu allem. Er war im Besitz von Schlüsseln."

„Lukas, ich habe eine Theorie, die so unglaubwürdig ist, dass ich sie gar nicht aussprechen mag."

„Mir kannst du es ja sagen", lächelte Lukas.

„Das Mordopfer Meike Sommer hat für einen dreißig Jahre älteren Mann geschwärmt, von dem sie möglicherweise schwanger war. Er muss also um die fünfzig sein. Reden darf sie über den Typen nicht. Nicht mal mit einer ihrer besten Freundinnen. Der Mann bleibt der große Unbekannte. Meike gehörte zur ‚Aktion: Einbeiniger Mann'. Ihr Lover könnte der Boss von allem sein."

„Schön. Aber wer sollte das sein?"

„Doktor Meyn."

„Der Atomphysiker von CeBaTa? Ich denke, der ist tot."

„Seine Frau brauchte ihn nicht zu identifizieren, da sein Gesicht völlig zerstört gewesen sein soll."

„Du meinst, Meyn lebt und ein anderer ist an seiner statt verbuddelt worden?" sprach Lukas die Überlegungen von Beate laut zu Ende.

„Für mich deutet alles darauf hin. Ich muss herausfinden, ob Meyns Frau nach dem angeblichen Tod ihres Mannes dessen Schlüssel an die Firma CeBaTa zurückgegeben hat. Wenn nicht, dann ist er dort gewesen, und der Nachtwächter hat ihn erkannt."

„Aber Meyn ist doch eine Stütze der Atomgesellschaft gewesen", gab Lukas zu bedenken.

„Und wenn er bei Wedderkopf in Ungnade gefallen ist und nun Rache an ihm nehmen möchte?"

„Meinst du denn, er hat nächsten Sonnabend einen Anschlag gegen den hochrangigen Politiker geplant?"

„Keine Ahnung. Aber wenn es stimmt, dass der Mann noch lebt, dann könnte es sich bei ihm um den Vater von Meike Sommers Kind handeln. Doch warum geht die zu Döblitz und wird dort ermordet? Das alles macht keinen Sinn für mich."

„Willst du allen Ernstes in diese Richtung ermitteln? Wenn ja, wie willst du es anstellen? Wie willst du herausfinden, ob Meyn noch lebt?"

„Ich habe da so eine Idee, Lukas. Meyn war vor seinem angeblichen Suizid in psychiatrischer Behandlung. Er war für einige Monate in einem Sanatorium in Bad Harzburg. Ich werde da mal vorbeischauen und Meyns behandelnden Professor einen Besuch abstatten. Ich werde gleich noch anrufen und mir einen Termin für morgen geben lassen. Ich habe ein ganz ungutes Gefühl. Die Sache fängt an, gespenstisch zu werden. Auf jeden Fall ist sie schon jetzt ein Politikum."

Lukas Bernhard verließ das Büro von Beate Winterkorn mit einem Seufzer.

Sie suchte nun die Telefonnummer von Frau Meyn heraus und wählte sie. Als sich die Dame am anderen Ende der Leitung meldete, stellte ihr Beate Winterkorn eine einzige Frage: „Haben Sie nach dem Tode Ihres Mannes dessen Schlüssel der CeBaTa an die Firma zurückgegeben?"

„Nein, wieso? Diese Schlüssel sind nirgendwo aufgetaucht."

25

Es versprach einer milder Sommerabend zu werden. Marina und Michael Döblitz saßen gemeinsam auf der Terrasse hinter ihrem Haus. Sie teilten sich eine Flasche Rotwein, den sie langsam mit viel Genuss tranken.

Michael hielt den Gedanken nicht mehr länger aus, dass seine Frau ihn für den Mörder an dem jungen blonden Mädchen hielt. Sie hatte das geäußert, nachdem sich die beiden zum ersten Mal seit Jahren körperlich wieder nahegekommen waren.

„Wieso hältst du mich für einen Mörder, Marina?"

„Das tote Mädchen hat doch in unserem Gartenhäuschen gelegen. Da ist sie auch ermordet worden. Du leugnest das und belügst die Polizei, weil du sie selbst erschlagen hast."

„Aber um Himmels willen, nein! Wie kommst du darauf? Weshalb sollte ich das getan haben?"

„Wir hatten eine stille Abmachung. Bislang hast du dich daran gehalten. Deine Geliebten kannst du mit in unser Gartenhäuschen nehmen. Hier vor der Haustür haben sie nichts zu suchen. Diese Adresse ist tabu für deine jungen Dinger."

„Aber ich habe mich doch an diese Absprache gehalten. Meine Geliebten sind nie hier bei uns zu Hause gewesen."

„Bis auf das Mordopfer. Das stand an jenem Abend hier vor der Tür und wollte dich sprechen. Sie war ganz aufgeregt. Jung, blond, hübsch, barfuß, voller sinnlicher Reize."

„Hier ist die gewesen?" schrie Döblitz auf.

„Regt dich das so auf?"

„Aber du bist doch Freitag bei unserer Tochter gewesen."

„War ich nicht. Ich hatte einfach keine Lust."

„Aber du hast doch gesagt ...?"

„Ich habe gelogen. Ich bin zu Hause geblieben, da ich ja wusste, dass du nicht kommen würdest. Plötzlich hat es an unserer Tür geklingelt."

„Was hast du mit dem Mädchen gemacht?"

„Ich habe sie dort hingebracht, wo sie hergekommen ist, nämlich in unser Gartenhäuschen. Sie hatte gehofft, dich dort zu treffen. Da du aber nicht aufgetaucht bist, hat sie irgendjemanden da nach deiner Adresse gefragt und ist mit dem Bus hierhergekommen. Ich habe sie dann postwendend zurückgebracht."

„Du hast die junge Frau also zu unserem Garten gebracht und bist mit ihr ins Häuschen gegangen?"

„Einer musste ja aufschließen."

„Im Gartenhaus hast du sie dann erschlagen."

„Ich gebe zu, dass mir der Gedanke gekommen ist. Was denkt sich so ein junges Ding denn dabei, die Ehefrau aufzusuchen und sie noch damit zu belästigen, dass die sie zu ihrem eigenen Mann bringt, weil er ...?" Sie hielt sich die Hände vors Gesicht.

„Nur wir beide haben einen Schlüssel. Ich habe das tote Mädchen aus unserem Haus geschleppt, weil ich dachte, du hast ..."

„Meinetwegen hast du die Polizei belogen?"

„Mir ist schlagartig klargeworden, was ich dir angetan habe, als ich die Tote gesehen habe. In diesem Augenblick wusste ich, was du mir wirklich bedeutest. Ich habe die Polizei belogen, weil ich dich für die Mörderin halte und weil ich dich liebe."

„Mein Gott, Michael? Wie tief sind wir gesunken, wenn wir uns gegenseitig für Mörder halten? Was trauen wir einander zu? Was wissen wir noch voneinander, wer wir sind?"

„Du bist es also nicht gewesen?" fragte Michael erleichtert.

„Nein, ich habe es nicht getan. Aber ich habe sie zum Gartenhäuschen gebracht, weil ich in meiner Wut, in meiner Verzweiflung für einen Augenblick so einen schrecklichen Gedanken gehabt habe. Aber ich habe der jungen Frau nichts getan. So sehr darf keine Frau die Kontrolle verlieren. Und du? Du warst es auch nicht?"

„Natürlich nicht. Was denkst du denn von mir?"

Beide atmeten auf.

„Aber wer war es dann?" überlegte Michael laut.

„Du solltest der Polizei die Wahrheit sagen", riet ihm seine Frau.

„Später. Erst einmal sag ich dir die Wahrheit. Diese junge Frau ist nicht meine Geliebte gewesen. Sie hatte mit der Organisation zu tun. Wenn sie zu mir persönlich wollte, um mich zu sprechen, frage ich mich, worum es ging. Und ob das der Grund war, weshalb sie in unserem Gartenhaus erschlagen worden ist."

„Von was für einer Organisation sprichst du?"

„Das kann ich dir noch nicht sagen. Erst muss die Bombe hochgegangen sein."

„Welche Bombe?"

26

Beate Winterkorn hasste den Harz. Unliebsam hatte er sich in ihr Gedächtnis gebrannt. Die Sonntagsausflüge mit den Eltern oder die jährlichen Klassenfahrten mit der Schule stellten in ihrer Erinnerung etwas Schreckliches dar. Sie konnte dem Gebirge einfach wenig abgewinnen.

Anders verhielt es sich mit dem Ostharz, jenem landschaftlich reizvolleren Teil des Gebirges, der ihr als Kind verschlossen geblieben war. Als sich die Grenzen öffneten, zählte Beate zu den jungen Erwachsenen und erschloss sich die andere Hälfte selbst. Stück für Stück entdeckte sie Interessantes und beurteilte selbst, was ihr gefiel. Im Westharz wurden ihr als Kind Plätze nahegebracht, die ihr gefälligst zu gefallen hatten. Das hatte dazu geführt, dass sie freiwillig nur in den sachsen-anhaltinischen Teil des Harzes fuhr, wobei sie Märsche auf den Brocken inzwischen genauso satt hatte, wie in Kindertagen das Besteigen des Wurmberges oder des Achtermanns. Berge gehörten nicht allgemein zur bevorzugten Welt der Hauptkommissarin.

Nun hatte sie Bad Harzburg mit ihrem Auto erreicht und suchte das Sanatorium, in dem Doktor Meyn vor über einem Jahr von Professor Praetorius behandelt worden war.

Schließlich fand sie es und ging durch einen prachtvoll angelegten Garten, in dem zwei Fontänen sich zum Himmel erhoben, auf einen klassizistischen Bau zu.

Wenige Minuten darauf saß die Hauptkommissarin in dem privaten Sprechzimmer des Professors, dessen Erscheinen ihr von einer freundlichen Sekretärin angekündigt worden war.

Der hochgewachsene, schlanke Mann füllte den ganzen Türrahmen aus, als er hereinkam. Er hatte kurzes, schwarzes Haar, stechend blaue Augen und befand sich vermutlich im gleichen Alter wie seine Besucherin. Mit Handschlag begrüßte der Professor die Hauptkommissarin und bat sie Platz zu behalten. Er setzte sich ebenfalls, was zur Folge hatte, dass sich Beate nun auf Augenhöhe mit dem Mann befand, an dem sie sonst hätte emporblicken müssen.

Freundlich erkundigte sich Professor Praetorius nach dem Grund ihres Besuches. Als er den Namen Doktor Meyns hörte, wurde er nachdenklich.

„Warum beschäftigt dieser Mann die Kriminalpolizei?"

„Eigentlich tut er das gar nicht. Er beschäftigt lediglich mich, und ich weiß gar nicht so recht, warum."

„Aber der Mann ist tot."

„Ist er das wirklich?"

„Haben Sie berechtigten Grund, seinen Tod in Zweifel zu ziehen?" wunderte sich der Professor.

„Eigentlich nicht."

„Und tun es trotzdem", lächelte er.

„Nicht einmal seine eigene Frau hat den Toten identifiziert", gab die Hauptkommissarin zu bedenken.

„Was Sie nicht sagen! Das habe ich gar nicht gewusst. Der Tod von Doktor Meyn, der angebliche Freitod, erscheint aber auch mir äußerst unglaubwürdig."

„Warum?"

„Er war mehrere Monate mein Patient. Ich habe ihn therapiert. Selbstmord war eine Option, die für ihn nie infrage gekommen wäre. Dessen bin ich sicher. Als ich von seinem Tod gehört habe, konnte und wollte ich das irgendwie nicht glauben."

„Interessant, Professor. Doktor Meyn war hier mehrere Monate in der geschlossenen Abteilung dieses Hauses."

„Er litt an Wahnvorstellungen und wollte seine Frau töten, weil sie ihn nach Strich und Faden betrogen hat. Er hat sich damals selbst angezeigt und sich freiwillig in Behandlung begeben. Seine Unzurechnungsfähigkeit wurde von den Behörden anerkannt und der Verbleib in einer geschlossenen Anstalt angeordnet."

„Sie haben ihn dann aber nach drei Monaten als geheilt entlassen."

„Er war wieder gesund. Seine Arbeit hatte aus ihm einen bösen Menschen gemacht. Er wollte wieder ein guter Mensch sein, und wir haben gemeinsam nach Strategien gesucht, wie er das Böse in sich überwinden konnte."

„Das klingt ein bisschen für mich wie Jekyll und Hyde. Ich denke, Stevenson hat mit diesem Werk plastisch, schaurig und unterhaltsam das psychologische Phänomen der Bewusstseinsspaltung zum Ausdruck bringen wollen. Ein wenig erscheint mir dieser Doktor Meyn in seiner Persönlichkeit gespalten“, merkte Beate Winterkorn an.

„Ein so intelligenter Mensch wie Doktor Meyn muss zwangsläufig bei seinen wissenschaftlichen Tätigkeiten ins Philosophische abgleiten. Das hat er getan. Doch dabei hat er den Boden unter den Füßen verloren, den ich ihm wieder gefestigt habe. Nach der Therapie war er geheilt.“

„Falls er sich ein halbes Jahr später umgebracht hat, eher nicht. Und sollte er noch am Leben sein und alle Menschen glauben lassen, er sei tot, spricht das für mich auch eher für ein krankes Hirn. Aber wo beginnt die Geisteskrankheit?“ stellte die Hauptkommissarin die entscheidende Frage in den Raum.

„Das ist für Laien schwer zu erkennen“, sagte der Professor.

„Aber Sie erkennen das?“

„Wahrscheinlich eher als Sie. Ich versichere Ihnen, keinen geisteskranken Mann entlassen zu haben. In was für einem Zustand er sich befunden hat, als er sich das Leben nahm, entzieht sich meiner Kenntnis. Da habe ich ihn nicht mehr behandelt.“

„War er in der Lage, eine Atombombe zu bauen?“

„Selbstverständlich. Da gehört für einen Mann wie ihn nicht viel dazu. Aber so eine Frage hätte sich in unserem Staat niemals gestellt.“

„Und wenn doch? Wenn sein Chef das eines Tages von ihm verlangt hätte! Warum sonst ist dieser intelligente Mann plötzlich durchgedreht?“

„Er hat von der Herstellung von Massenvernichtungswaffen immer nur hypothetisch gesprochen. Aber er wollte eine Organisation ins Leben rufen, der er sein gesamtes atomphysikalisches Wissen zur Verfügung stellen wollte, um die Bombe zu verhindern.“

„Haben Sie mal was vom ‚Einbeinigen Mann‘ gehört?“ fragte Beate Winterkorn.

Der Professor lachte. „Das ist der Atompilz. Meyn hat sich das hier in meiner Klinik ausgedacht. Ich fand die Idee genial. Er hatte den Decknamen für seine Organisation gefunden. Natürlich habe ich es für einen Scherz gehalten."

„Um einen Scherz handelt es sich wohl eher nicht. Es gibt eine Organisation unter diesem Namen. Sie arbeitet offensichtlich unter größter Geheimhaltung."

„Im Ernst?" zeigte sich der Professor skeptisch.

Beate Winterkorn nickte.

„Dann hat er das alles tatsächlich ins Leben gerufen, und irgendwelche Leute machen das nach seinem Tod weiter", kombinierte der Professor.

„Kann sein. Oder er ist mit seinem angeblichen Selbstmord untergetaucht und leitet seine Organisation aus dem Untergrund."

„Er ist doch bestattet worden", gab der Professor zu bedenken.

„Bestattet wurde eine Leiche, deren Gesicht zur Unkenntlichkeit zerstört war und die von niemandem identifiziert worden ist", sagte Beate Winterkorn. Sie bedankte sich für die offene Aussprache bei Praetorius und verließ die Privatklinik.

Auf dem direkten Weg fuhr die Hauptkommissarin nach Braunschweig zurück in den Stadtteil Veltenhof. Dort suchte sie ein weiteres Mal die vermeintliche Witwe von Doktor Meyn auf.

Hannelore Meyn schien auf Besuch nicht vorbereitet und war diesmal nur mit einem Jogginganzug bekleidet. Als ihr die Hauptkommissarin berichtete, dass sie gerade von Professor Praetorius käme, bat Hannelore Meyn sie ins Haus. Die beiden Frauen blieben gleich im Flur stehen.

„Sie haben mir gar nicht erzählt, dass Ihr Mann Sie umbringen wollte", eröffnete Beate das Gespräch.

„Soll man einen Toten noch unnütz schlecht machen?"

„Wieso wollte er Sie töten?"

„Er hat sich eingebildet, dass ich ihn betrügen würde und überall im Haus fremde Männer gesehen. Sie waren Teil seiner Wahnvorstellungen. Plötzlich hielt er einen schweren Gegenstand in der

Hand, schrie mich an, betitelte mich als dreckige Hure und schlug mit voller Wucht zu, allerdings absichtlich daneben. In seinen Augen habe ich den blanken Hass gesehen. Sie blickten ins Leere, und ich konnte seine Seele nicht mehr erreichen."

„Hatten Sie den Eindruck, dass Ihr Mann nach seiner Entlassung geheilt war?"

„Er hat sich jedenfalls wieder wie ein normaler Mensch benommen."

„Und seinen Selbstmord hat er wirklich nicht angekündigt?"

„Nein. Mein Mann ist an jenem Tag aus dem Haus gegangen. Er wollte zur Arbeit. Wie immer. Und ist nicht mehr nach Hause gekommen."

„Professor Praetorius hält den Suizid Ihres Mannes für eher unwahrscheinlich."

„Ich habe meinen Mann beerdigt, Frau Kommissarin. Wieso wird sein Tod denn plötzlich in Zweifel gezogen?"

„Das tut ja niemand. Ich wollte es nur ganz genau geklärt haben", lächelte Beate Winterkorn. „Wann genau ist er eigentlich vom Dach des Hochhauses gesprungen?"

„Am 28. August vergangenen Jahres."

Beate Winterkorn sah erschrocken zur Seite. Dieses Datum ließ sie regelrecht zusammenzucken. Das konnte nicht sein! Das durfte nicht sein!

„Was haben Sie, Frau Kommissarin? Sie sind ja richtig blass geworden", sorgte sich Hannelore Meyn.

„Nichts. Schon gut. Vielen Dank", stammelte sie vor sich hin und verabschiedete sich.

Sie ging nach draußen und holte tief Luft. Doktor Meyn lebte! Es gab keinen Zweifel mehr für sie. Er hatte, wenn auch ins Leere, mit einem Gegenstand nach seiner Frau geschlagen. Meike Sommer war ebenfalls mit etwas Vergleichbarem erschlagen worden. Meyn hatte bei CeBaTa eingebrochen. Ihn hatte der Nachtwächter erkannt. Er war der Boss des „Einbeinigen Mannes" und leitete die Organisation aus dem Untergrund. Er war abgetaucht, hatte sich beerdigen lassen, und niemand fragte mehr nach ihm. Aber er lebte, und er hatte etwas vor. Da lief eine Riesensache. Und alles lief auf etwas zu, lief auf etwas hinaus, das nur mit dem Besuch eines hochrangigen Politikers am kommenden Wochenende zu tun haben konnte.

Vielleicht wollte er mit demselben Wahn das Atom bekämpfen, mit dem er zuvor für es gearbeitet hatte. Vielleicht war er eben doch wahnsinnig und entgegen den Beteuerungen seines Professors nicht geheilt. Und vermutlich hatte er etwas Wahnsinniges vor.

Doch das Ausschlaggebende für Beate Winterkorns Theorie war das Datum des 28. August. Dieser Tag im vergangenen Jahr brachte die Ermittlerin an den Rand der Verzweiflung. Sie spürte, wie ihr das Blut zu Kopf stieg und ahnte ein weiteres Grauen, das längst hinter dem Horizont untergegangen zu sein schien und plötzlich wieder auftauchte. Sie fühlte sich flau und elend. Am Dienstag, dem 28. August, war Ralf Baum zum Einkaufen aufgebrochen und nie wieder aufgetaucht.

Gegen Mittag tauchte die Hauptkommissarin erstmalig an diesem Tag in ihrem Büro auf, wo sie seit Stunden vermisst wurde. Kommissar Lukas Bernhard trug ihr auf, sofort zum Staatsanwalt zu gehen.

Also machte sie sich schnell auf den Weg und traf den Anwalt des Staates etwas ungehalten an.

„Warum haben Sie Polizeischutz für Wedderkopf angeordnet, ohne das mit mir abzusprechen? Der Präsident hat sich eingeschaltet. Sie machen ein Politikum aus der ganzen Sache. Was ermitteln Sie eigentlich?“

„Den Einbruch in das Firmenhaus der CeBaTa und den Mord an dem zwanzigjährigen Mädchen in Riddagshausen.“

„Schön, Frau Winterkorn. Das sind aber zwei verschiedene Fälle.“

„Sind es nicht, Herr Staatsanwalt. Davon bin ich seit knapp einer Stunde überzeugt. Und das hat mit einer anderen Geschichte zu tun und mit dem Datum 28. August.“ Nun erzählte sie ihm in aller Ausführlichkeit die ganze, im Grunde abenteuerliche Geschichte.

Der Staatsanwalt hörte gebannt zu und fragte am Ende ihrer Ausführungen: „Was für Schlüsse ziehen Sie aus Ihren Überlegungen?“

„Wedderkopf ist in Lebensgefahr. Ebenso der Bundesminister. Ich denke, dass Doktor Meyn lebt und einen terroristischen Angriff gegen Staatsmacht und Atomlobby plant.“

„Aber warum sollte er das tun?“

„Weil er wahnsinnig ist. Ich glaube nicht, dass es Professor Praetorius gelungen ist, den Mann zu heilen. Nach meinem Dafürhalten haben wir es mit einem Geisteskranken zu tun. Die Maßstäbe von Logik und Vernunft zählen nicht mehr. Sie sind ausgeschaltet.“

„Und Sie meinen, dass dieser Doktor Meyn auch das Mädchen in Riddagshausen getötet hat?“ fragte der Staatsanwalt.

„Ich meine ja. Ich denke, dass sie von ihm schwanger gewesen ist. Vielleicht aber war er nur ihr Lover, und sie ist von dem jungen Mann aus Schweden schwanger gewesen. Jedenfalls könnte er deswegen genauso ausgetickt sein wie bei seiner Frau. Nur bei dem Mädchen hat er richtig zugelangt.“

„Das wäre ja entsetzlich.“

„Nicht nur das. Dieser Meyn zeichnet auch noch für einen anderen Mord verantwortlich. An seiner statt musste ja schließlich jemand beerdigt werden.“

„Und wer ist das gewesen?“

Sie sagte es ihm. Dann ging sie zurück in ihr Büro. Dort wartete Lukas Bernhard auf sie und ließ sich von ihr auf den neusten Erkenntnisstand bringen.

„Wie willst du denn diesen Doktor Meyn finden?“ fragte er schließlich.

„Das weiß ich auch noch nicht so genau. Aber jetzt habe ich noch einen anderen Weg. Das ist mir ein inneres Bedürfnis. Es hat mit dem 28. August letzten Jahres zu tun, als ein Mann plötzlich wie vom Erdboden verschwunden ist und bis heute nicht wieder aufgetaucht ist. Ich glaube, ich weiß jetzt, was an diesem Tag passiert ist. Und ich muss es seiner Frau sagen ..."

Beate Winterkorn betrat des Pflegeheim Ottenroder Straße in trauriger Gewissheit, nun den ungeklärten Fall des letzten Jahres zum Abschluss bringen zu können. Plötzlich fügte sich alles zusammen.

Sie setzte sich neben das Bett von Hanna Baum. Ihr Geist war hell wach, die Gedanken klar und weit. Doch alles war gefangen in dem Körper, der keine Bewegung mehr zuließ und immer weiter aufgefressen wurde von der heimtückischen Krankheit, der niemand Einhalt gebieten konnte.

Vorsichtig streichelte Beate Hanna über die Wange. „Ich habe Ihren Mann jetzt so gut wie gefunden. Er ist am 28. August vergangenen Jahres seinem Mörder begegnet. Es handelt sich um einen geisteskranken Menschen, der uns seinen Tod vorspielen wollte und jemanden benötigt hat, der an seiner statt beerdigt worden ist."

Hanna Baum konnte nicht mehr sprechen. Lächeln und Weinen schien ihr genauso unmöglich zu sein. Sie senkte die Lider langsamer als zuvor. Es erschien Beate Winterkorn, als wollte sie ihr sagen, dass es nun gut sei. Sie habe gute Arbeit geleistet. Und sie dankte es ihr, dass sie vorbeigekommen war, um es ihr mitzuteilen.

Beate Winterkorn blieb noch eine halbe Stunde neben Hanna sitzen. Einmal, ein einziges Mal rann eine Träne über ihre leblose Wange, die Beate liebevoll und zärtlich abwischte. Als sie aufstand und gehen wollte, sah sie die bemitleidenswerte Frau eindringlich an. Sie wusste, es würde zu Ende gehen. Stumm winkte sie ihr ein letztes Mal zu, und im Hinausgehen flüsterte sie zu Gott: „Vater, leg deinen Arm um sie und hol sie zu dir, dahin, wo ihr Mann jetzt ist und auf sie wartet."

27

Die Gedanken an Hanna Baum begleiteten Beate Winterkorn bis in die Dienststelle. Dort wartete eine Überraschung auf sie. Das Ehepaar Döblitz saß auf einer Bank im Untergeschoss und erklärte der Hauptkommissarin, dass sie auf sie gewartet hätten und dringend eine Aussage machen müssten.

Beate Winterkorn bat die beiden, ihr nach oben in das Büro zu folgen. Sie holte den Kollegen Lukas Bernhard hinzu. Dann warteten sie gespannt, wer von ihnen den Anfang machen würde und worum es ginge.

Schließlich holte Michael Döblitz tief Luft. „Frau Winterkorn, Herr Bernhard, ich habe eine Falschaussage gegenüber der Polizei zugunsten meiner Frau gemacht. Ich habe gelogen, als ich gesagt habe, die Tote habe nicht in meinem Gartenhäuschen gelegen. Sie war dort, und ich habe sie mit der jüngeren Dame, die ich mit zu mir genommen hatte, fortgetragen und an die Klostermauer gesetzt. Als ich das tote Mädchen in meinem Gartenhäuschen liegen sah, habe ich sofort angenommen, dass meine Frau sie aus Eifersucht getötet hat. Ich wollte nicht, dass meine Frau wegen meiner Fehler ins Gefängnis muss. Nur meine Frau besitzt noch einen Schlüssel zum Gartenhaus. Nur sie konnte das junge Mädchen hineingelassen haben."

Döblitz hielt inne und schaute seine Frau erwartungsvoll an.

Die fuhr nun fort: „Die junge Frau war bei mir in Rautheim, wo sie jemand von der Lünischhöhe hingeschickt hatte, und wünschte meinen Mann zu sprechen. Ich habe sie für eine seiner Geliebten gehalten und sie daraufhin zu unserem Garten an der Lünischhöhe zurückgebracht. Ich habe die Gartenpforte und das Haus aufgeschlossen und sie hineingelassen. Ich habe sie gebeten, dort auf meinen Mann zu warten. Außerdem habe ich ihr gesagt, dass sie das Gartenhäuschen nicht verlassen solle, bevor mein Mann einträfe. Die Schlüssel habe ich nämlich wieder mitgenommen, und es sollte nicht unbeaufsichtigt offenstehen. Dann bin ich wieder nach Hause gefahren. Als ich von dem Mord in der Zeitung gelesen habe und das Bild der Toten sah, dachte ich sofort, dass nur mein Mann für die schreckliche Tat infrage kommen konnte."

„Aber ich bin es nicht gewesen. Die junge Frau war schon tot, als wir das Gartenhaus betreten haben. Wir haben die Tote also fortgeschafft. Meine Abendbekanntschaft wollte dann weg. Ich habe sie zum Bahnhof gefahren, zum Taxistand. Am nächsten Tag kam einer Ihrer Kollegen zu mir und wollte sich ein wenig umsehen. Aus Angst, dass er etwas finden könnte, habe ich ihn fortgeschickt. Danach habe ich die Organisation angerufen und denen gesagt, dass sie den jungen Leuten nicht meine Privatadresse geben sollten. Ich habe schon an dem Mordabend gewusst, dass die junge Frau nur von der Organisation sein konnte", sagte Döblitz.

„Was für eine Organisation?" fragte Beate Winterkorn.

„Die Organisation, die sich zum Ziel gesetzt hat, die Firma CeBaTa zu vernichten, indem sie deren kriminelle Machenschaften offenlegt."

„Woher wussten Sie denn, dass die Tote zu der Organisation gehört hat?" wunderte sich die Hauptkommissarin.

„Ganz einfach. In ihrem Terminkalender stand für jenen Tag, an dem wir sie gefunden haben, ‚Aktion: Einbeiniger Mann'. Das ist der Tarnname dieser Organisation."

„Mit dem ‚einbeinigen Mann' ist ein Pilz, in diesem speziellen Falle der Atompilz gemeint. Doktor Meyn leitet diese Organisation", merkte Beate Winterkorn an.

„Woher wissen Sie das?" rief Döblitz entsetzt.

„Ich bin Ermittlerin und untersuche einen Mordfall. Was glauben Sie wohl, was ich den ganzen Tag hier mache?"

„Das alles ist streng geheim. Niemand weiß davon", entgegnete Döblitz kopfschüttelnd.

„Da können Sie einmal sehen, was Ihr Atomphysiker Doktor Meyn doch für ein Dilettant ist", lachte die Hauptkommissarin, die den Erfolg für sich zu verbuchen wusste. „Aber was bitteschön haben Sie mit dieser Organisation zu tun? Vertreten Sie nicht die Gegenseite?"

„Nach außen schon. Doch ich bin schon lange übergelaufen. Was ich mir vorwerfe, ist die Tatsache, dass ich etwas Kriminelles getan habe, tun musste, damit ich das volle Vertrauen von Wedderkopf genieße. Er ist misstrauisch. Erst nachdem ich in seinem Auftrag die Schläger für die Demonstration besorgt habe, fühlte er sich sicher genug, mir alle Geheimzugänge anzuvertrauen. Mit diesen Daten liefern wir ihn ans Messer. Als ich gehört habe, dass ein Achtzehnjähriger ein Auge bei den gewaltsamen Auseinandersetzungen verloren hat, habe ich meine Aktion verteufelt. Da bin ich in die Kirche gegangen. Dann hat der Pfarrer noch über unseren Trauspruch gepredigt, und ich konnte die Tränen nicht mehr zurückhalten. Doch ich habe vor der Frage gestanden, was wichtiger ist. Das Wohlergehen einiger Demonstranten oder das Wohlergehen von Millionen von Menschen."

„Was hat Wedderkopf vor?" fragte die Hauptkommissarin.

„Er hat illegal Unmengen von Plutonium eingelagert. Ich weiß seit Kurzem wo. Das will er verkaufen. Er will Bund und Stadtrat schmieren, damit der Assemüll bei ihm zwischengelagert und aufbereitet werden kann, nur damit gesetzliche Bestimmungen vor dem Hintergrund eines Präzedenzfalles gelockert werden. Mit dieser Gesetzeslockerung kann er Plutonium ins Ausland verschieben und ein gewisses Knowhow dazu, das Doktor Meyn geliefert hat."

„Der nun aber auch übergelaufen ist und Wedderkopf einen Strich durch die Rechnung machen will", sagte die Hauptkommissarin. „Womit wir beim eigentlichen Thema wären. Erzählen Sie mir von Doktor Meyn!"

„Meyn und ich sind jahrelang Kollegen gewesen, die für die CeBaTa gearbeitet haben. Später haben meine Frau und ich uns mit dem Ehepaar Meyn angefreundet. Wir haben auf unserem Garten zusammen gegrillt und manches Fest gefeiert."

„Meyn kennt demnach Ihren Garten und das Häuschen", unterbrach ihn Beate Winterkorn.

„Ja, natürlich. Eines Abends habe ich mit ihm allein in unserem Häuschen gesessen. Da hat er mich gefragt, ob ich mir nie im Leben folgende Frage gestellt habe: ‚Arbeitest du gerne für den Teufel?' Zunächst habe ich nicht begriffen, was er mir damit sagen wollte. Doch allmählich hat es angefangen, in mir zu arbeiten. Dann ist er mit mir in die Ukraine gefahren, wo wir ein Pflegeheim für Menschen mit Spätfolgen, die aus der Katastrophe von Tschernobyl herrühren, besucht haben. Ich bin schockiert gewesen. Das war der Auslöser. Ich war für ein Thema sensibilisiert worden. Das Thema Atom. Als ich Meyn entgegenhielt, dass unsere Atomkraftwerke die sichersten der Welt seien, hat er nur gelacht. ‚Denk an die Titanic! Sie galt als sicherstes Schiff der Welt. Unsinkbar! Rettungsboote gehörten der Vergangenheit an. Man brauchte sie nicht mehr. Ein einziger Eisberg hat den Luxusliner wie eine Konservendose aufgeschlitzt. Keine zwei Stunden später lag er in viertausend Metern auf Grund. Erzähl mir noch etwas von Sicherheiten!' Da war für mich klar: Der Mann hatte sich entschieden. Ein Zurück gab es für ihn nicht mehr. Nun musste auch ich für mich eine Entscheidung treffen. Für oder gegen Atom. Ich hatte die Strahlenopfer aus der Ukraine vor Augen und dachte plötzlich, was würde Gott wohl dazu sagen? Da habe ich begriffen, dass ich mich umentscheiden musste. Jetzt ist etwas Schlimmes mit Meyn passiert. Er sagte mir, dass er beinahe seine Frau totgeschlagen habe, weil er überall Liebhaber gesehen hat, die es nicht gab. Ich habe nicht bemerkt, dass er in seiner Auseinandersetzung mit der Atomphysik krank geworden war und habe ihm dringend geraten, sich selbst anzuzeigen und eine Therapie zu machen. Er hat das getan. Ein Gericht hatte die geschlossene Therapie verfügt. Damals habe ich mir große Sorgen um ihn gemacht. Aber schon nach drei Monaten war er wieder auf freiem Fuß. Doktor Meyn war vollständig genesen und wieder gesund."

„Ist das Ihr Eindruck gewesen?" wollte die Hauptkommissarin wissen.

„Mein Eindruck, sein Eindruck und der Eindruck seines Professors. Der muss es ja schließlich wissen."

„Sollte man annehmen. Wie ist es weitergegangen?"

„Plötzlich hat er mich angerufen. Es war der 29. August vergangenen Jahres. Er sagte mir: ‚Lieber Freund! Wir dürfen uns jetzt für lange Zeit nicht mehr sehen. Du wirst in Kürze zu meiner Beerdigung gehen und zu niemandem ein einziges Wort sagen. Es ist besser für unsere Arbeit, wenn man mich für tot hält. Also merke dir, ich bin gestorben. Selbstmord! Ich bin vom Dach gesprungen.' Ich dachte, der macht Witze. Doch dann hat er mir erzählt, dass er zufällig am Schwarzen Berg war, wo das Hochhaus steht. Da ist direkt vor ihm ein Mann auf den Boden geklatscht. Der muss vom Hochhaus gesprungen sein. Zuerst wollte er dem Mann helfen. Er sah, dass der Mann schon tot war. Er hatte ungefähr seine Größe und kein Gesicht mehr. Schnell hat er nach dem Personalausweis des Toten gesucht und ihm den abgenommen und seinen dafür in dessen Jacke gesteckt. Dann ist er davongelaufen und untergetaucht. Ich weiß bis heute nicht, wo er sich aufhält. Ich habe nur telefonischen Kontakt zu ihm."

„Was haben Doktor Meyn und Sie vor?" wollte Beate Winterkorn von ihm wissen.

„Wir wollen Wedderkopf am kommenden Wochenende hochgehen lassen und seine ganzen Schweinereien öffentlich machen."

„Ich bedanke mich für Ihr Geständnis. Sie sind vorläufig festgenommen. Sie, Frau Döblitz, können nach Hause gehen!" ordnete die Hauptkommissarin an.

Döblitz wollte sich seiner Festnahme entziehen, doch Bernhard hielt ihn am Arm fest und führte ihn ab.

„Besorgen Sie Ihrem Mann einen guten Anwalt", riet Beate Winterkorn Marina Döblitz. Dann entließ sie die verstörte Frau.

Als sie allein im Büro zurückblieb, kreisten ihre Gedanken um Ralf Baum. Die ganze Zeit hatte er sich rührend und aufopfernd um seine kranke Frau gekümmert. Dann ging er ohne Vorwarnung am 28. August fort, weil er angeblich einkaufen wollte, was ihm jedoch nicht in den Sinn kam. Stattdessen ging er aufs Hochhaus und stürzte sich in den Tod. Er hatte es nicht mehr ausgehalten. Die Krankheit, die Pflege, das Siechtum, die Frau. Er war ausgestiegen. Einfach so! Und hatte seine Frau zurückgelassen. Seine letzten Gedanken können nicht ihr gegolten haben. Er war mit sich beschäftigt und mit seinem Tod.

28

Beate Winterkorn ging an diesem Abend mit ihrem Mann Jens gemeinsam essen. Er hatte zuvor telefonisch im Restaurant Eichenwald in Mascherode einen Tisch für zwei Personen bestellt. Hin und wieder ließ sich das Ehepaar aus der Südstadt in der Gaststätte des Nachbarortes sehen, um sich den Gaumenfreuden einer gutbürgerlichen deutschen Küche hinzugeben.

Jens aß leidenschaftlich gern Schnitzel in allen Variationen, und Beate verspürte an diesem verregneten Sommerabend Appetit auf Putengeschnetzeltes mit Reis.

Die beiden waren zu Fuß unter einem Regenschirm hergekommen und planten mit dem Linienbus am späteren Abend zurückzufahren. Auf diese Weise konnte Jens sich ein paar frisch gezapfte goldgelbe Biere munden lassen und Beate sich an der Wahrheit, die im Wein liegt, erfreuen.

Fast alle Tische im Restaurant waren zu dieser frühen abendlichen Stunde gut ausgelastet. Die Bedienungen schienen sich die Hacken abzulaufen, um die vielen verschiedenen Essen von der Küche durchs Lokal zu den jeweiligen Tischen zu bringen. Begleitet wurden sie zumeist von appetitanregenden Gerüchen, die Zeugnis über die gute Qualität der Küche ablegten.

Zunächst ließ Beate Winterkorn ihren Mann ein bisschen über seine Schule und die Probleme mit Schülern und Eltern erzählen. Doch irgendwann im Laufe des Abends plauderte sie dann ein wenig aus dem Nähkästchen.

„Ich habe heute einen Mann festnehmen müssen, der eine Straftat begangen hat, um sich auf diese Weise das Vertrauen seines Chefs zu erschleichen, damit er den hochgehen lassen kann, um eine weitaus schlimmere Straftat zu verhindern.“

„Was soll das für eine Tat sein?“ fragte Jens.

„Da soll wohl Plutonium ins Ausland verschoben werden, damit gewissen zweifelhaften Staaten illegal beim Bau einer Atombombe geholfen werden soll.“

„Großer Gott! Das ist ja höchst politisch“, stellte Jens fest. „Und was hat der Typ verbrochen, um sich bei seinem Chef einzuschleimen?“

„Er hat in dessen Auftrag Schläger angeheuert, die für die gewaltsame Eskalation einer eigentlich friedlichen Demonstration gesorgt haben. Mehrere Verletzte, ein riesiger Polizeieinsatz und ein junger Mann, der ein Auge bei der Aktion verloren hat.“

„Oh, Scheiße! Das hört sich ja wirklich übel an. Das ist natürlich aber eine Abwägungssache.“

„Zunächst einmal ist es schwere, gezielt herbeigeführte Körperverletzung. Außerdem hat der Typ aus denselben Gründen eine Straftat verschleiert und die Behörden irregeführt, in dem er eine Leiche vom Tatort entfernt hat“, vervollständigte Beate die Liste der Straftaten dieses Mannes.

„Stell dir doch mal vor, Liebes, er hätte das nicht getan, und die könnten in aller Seelenruhe atomwaffenfähiges Material außer Landes schmuggeln. Ein sogenannter Schurkenstaat baut die Bombe und wirft sie jemandem auf den Kopf. Millionenfaches Leid! Waren die vermeintlichen Straftaten des Herrn vor diesem Hintergrund nicht Peanuts? Ist er nicht eigentlich ein Held?“

„Vielleicht noch ein Widerstandskämpfer“, ironisierte Beate.

„Der Typ, der Hitler im Hofbräukeller in die Luft sprengen wollte, Georg Elser, hat acht oder neun Unschuldige getötet. Das war traurig. Aber wenn der Richtige dabeigewesen wäre, hätte er Deutschland und die Welt vor ihrer schlimmsten Katastrophe bewahrt. War es nicht immer so, dass man heute Menschen einsperrt, denen man morgen Denkmäler setzt?“

„Jens! Wenn ich damals schon gelebt hätte und die zuständige ermittelnde Beamtin gewesen wäre, hätte ich nach keinem Gesetz der Welt dem Attentäter einen Verdienstorden umhängen und das

Opfer in den Knast stecken können. Ein Mensch, der acht oder neun Menschen in die Luft sprengt, ist ein feiger Mörder, der weggesperrt gehört."

„Falsch! Der Tyrannenmord wird vor der Geschichte anders bewertet."

„Als Elser sein Attentat auf Hitler verübte, hatte der Krieg noch nicht begonnen. Hitler zählte zu dieser Zeit zu den populärsten Staatsoberhäuptern der Welt. Von der TIMES ist er gekürt worden. In Deutschland hätte er im Falle freier Wahlen neunzig bis fünfundneunzig Prozent Zustimmung bekommen. Das habe ich mal gelesen. Aus der Zeit heraus und vor diesem Hintergrund konnte die Tat Elsers nur als Tat eines Verrückten, ja Geisteskranken gewertet werden. Es ergeht mir da nicht anders als den Polizisten von damals. Ich kann Straftaten nicht in einem historischen Kontext beurteilen, schon gar nicht, wenn den Ausgang der Geschichte noch niemand kennt. Nicht mögliche Opfer eines potenziellen Atombombenabwurfes, der vielleicht gar nicht stattfindet, können für meine Arbeit ausschlaggebend sein. Die Fakten zählen. Und nur die! Ein Achtzehnjähriger hat ein Auge verloren, weil er friedlich demonstrieren wollte. Wenn ich damals gelebt und meine Arbeit gemacht hätte, würde ich heute vor der Geschichte als eine von Hitlers Frauen dastehen, als unbeirrbare Faschistenknechtin. In Wahrheit hätte ich nur meine Arbeit getan, wie ich sie zu keinem Zeitpunkt anders hätte tun können."

„Schon. Aber es war doch klar, wer hier der Verrückte ist", sagte Jens.

„Eben nicht! Wer sagt dir denn, dass besagter Elser nicht auch wahnsinnig war? Woher weiß man das denn?"

„Man hätte ihm wohl kaum erst kürzlich ein Denkmal gesetzt."

„Was haben denn Angehörige der Opfer damals gesagt? Gibt es darüber Aussagen vor der Geschichte?"

„Ich denke, Elser hatte einen klaren und gesunden Menschenverstand. Der Typ, den du festgenommen hast, hat das auch. Wie soll denn diese Welt je besser werden, wenn ihr ständig die Falschen einsperrt? Die Geisteskranken regieren uns, und ihr sperrt die mit einem klaren Verstand ein."

„Schön, dass der Herr Lehrer mit seinem Allerweltswissen natürlich schon vorher weiß, wo Gut ist und wo Böse! Du machst es dir ja einfach!"

„Natürlich bist du an Gesetze gebunden. Aber Richter und Staatsanwälte haben ja auch noch ein Wörtchen mitzureden."

„Sollen sie den Typen freilassen. Nicht meine Sache. Aber was kann ich als kleine Beamtin denn groß anderes tun?"

„Wenig. Da gebe ich dir recht. Aber wenn nach deiner Auffassung aus der Zeit heraus damals noch nicht klar war, dass Elser eigentlich der Gute war und nicht der Böse, so ist das doch in deinem Fall sonnenklar, Beate."

„So sonnenklar, dass nicht einmal ein Professor für Psychologie mir mit Sicherheit sagen kann, ob ein bestimmter Mensch verrückt ist oder nicht. Wann weiß man das denn genau? Meinst du, ich sehe die Sache anders als du? Doch mir sind die Hände gebunden."

29

Bosse Lund war ein aufgeweckter junger Mann von Anfang zwanzig. Seine Haare waren genauso gekämmt und ebenso feurig rot wie die von Pippi Langstrumpf. Nur die Zöpfe fehlten. Dafür besaß er das gleiche blasse und sommersprossenübersäte Gesicht wie seine literarische Vorlage. Er trug eine rote Hose mit Hosenträgern und ein weites, blaues Hemd. Der junge Mann glich jenen schwedischen Lausbuben, die im deutschen Kinderfernsehen mit ihren Auftritten so viel Erfolg gehabt hatten. Doch schien dieser Bosse Lund recht beschlagen in vielen Dingen des Lebens zu sein. Jedenfalls sprach er fließend und fast akzentfrei Deutsch.

Er war aus Schweden zurückgekehrt und hatte Meikes Eltern aufgesucht. Die hatten ihn daraufhin zu einer Hauptkommissarin Winterkorn geschickt. Da stand er nun in ihrem Büro und wunderte sich, weshalb er seine Freundin Meike nirgends fand. Er hatte es auch als äußerst seltsam empfunden, dass er von seiner Freundin in den letzten zehn Tagen keine Nachricht mehr erhalten hatte.

Daraufhin bat Beate Winterkorn den jungen Mann aus Schweden sich zu setzen, um ihm die gesamte tragische Geschichte zu erzählen, die sich nach seiner Abreise aus Deutschland ereignet hatte.

Bosse mochte das alles erst gar nicht recht glauben. Doch irgendwann fing er schrecklich zu weinen an. Als er sich etwas beruhigte, fragte Beate ihn, ob er stark genug wäre, ihr bei den Ermittlungen behilflich zu sein. Sie wollte allerhand von ihm wissen. Sehr zaghaft nickte er. Bevor die Hauptkommissarin damit begann ihre Fragen zu stellen, kochte sie Tee. Das heiße Getränk wirkte beruhigend auf Bosses durcheinandergebrachte Seele.

„Haben Sie gewusst, dass Ihre Freundin Meike schwanger gewesen ist?“ wollte Beate gleich als Erstes von ihm wissen.

„Natürlich. Ich war so glücklich, Vater zu werden.“

„Das tut mir so entsetzlich leid für Sie. Meike hielt sich im Umkreis eines etwa fünfzigjährigen Mannes auf, der im Verborgenen lebt und irgendeinen Schlag gegen die Atomlobby plant. Was wissen Sie darüber?“

„Es handelt sich dabei um Doktor Meyn. Früher war er Atomphysiker bei der Firma CeBaTa. Doch dann hat er seinen schrecklichen Fehler erkannt und wollte ihn korrigieren. Meike war schwer beeindruckt von dem Mann. Er hat ihr imponiert.“

„Warum fand sie den Mann so toll?“ fragte Beate Winterkorn.

„Wenn er gesprochen hat, dann hat er philosophiert. Das mochte Meike. Sie hat auch gut gefunden, dass er Verbrechen von einer Atomfirma aufdecken und Verantwortliche ans Messer liefern wollte. Sie und zwei andere haben zusammen mit ihm Pläne für den Tag X gemacht. Die Organisation nannte sich ‚Einbeiniger Mann‘ wegen dem Atompilz.“

„Sehr originell“, lächelte Beate und dachte an ihren Besuch bei Professor Praetorius in Bad Harzburg. Ihm hatte die Idee von Meyn damals schon gefallen.

„Ja. Der Doktor ist immer sehr originell gewesen. Er hat sich für tot ausgegeben, weil er sich so sicherer vor seinen Feinden gefühlt hat. Da ist durch Zufall ein Mann vor seinen Augen vom Hochhaus in den Tod gesprungen. Er hat einfach die Pässe ausgetauscht und ist untergetaucht. Die sicherste Tarnung, die man überhaupt haben kann."

„Hat Meike einen Michael Döblitz gekannt?"

„Nur vom Hören. Der sollte nicht wissen, wo sich Meyn aufhält. Die haben nur miteinander telefoniert", gab Bosse zur Antwort.

„Sie ist am Tag ihrer Ermordung zu diesem Döblitz gegangen. Meike muss seine Adresse in Erfahrung gebracht haben. Sie wollte ihn sprechen. Warum?"

Bosse musste schlucken und war dem Schluchzen nah. Betreten sah er einen Augenblick zur Seite. Dann sagte er: „Döblitz hat noch bei CeBaTa gearbeitet und sich beim Chef eingeschleimt. Er musste tun, was Wedderkopf sagt, weil er an gewisse geheime Daten kommen musste. Aber plötzlich hat Meike erkannt, dass dieser Doktor Meyn krank gewesen sein muss."

„Krank? Inwiefern?"

„Meike hat gesagt, der Mann ist wahnsinnig."

„Warum hat sie das gesagt?" wurde Beate hellhörig.

„Weil er Wedderkopf und einen hohen deutschen Politiker töten will. Er meinte plötzlich, nur so führt Widerstand zum Ziel. Meike wollte Döblitz das sagen, weil ihr nicht klar war, ob der wusste, dass sein Freund verrückt geworden war."

„Um ihm das zu sagen, ist sie zu Döblitz gefahren?"

„Ja. Wir sind entschiedene Atomkraftgegner, aber auch Pazifisten. Krieg, Gewalt und Mord lehnen wir ab."

Blumenkinder von heute, dachte Beate Winterkorn, die mit ebenso viel Enthusiasmus wie Naivität ausgestattet waren, anfällig für Sonntagspredigten, nicht gewachsen der brutalen Wirklichkeit dieser Welt.

Träume sind immer die tödliche Gefahr für Menschen, die am Anfang ihres Lebens stehen, die sich gerade aus den schützenden und segnenden Armen der Eltern gelöst und noch keine neue Bleibe gefunden haben, in der sie vor dem Zugriff des Bösen geschützt wären. Sie trotten durch die Welt mit dem unerschütterlichen Glauben an die Liebe im Gepäck und kehren zumeist als Verbrannte, Gemarterte des jungen Lebens zurück, um fortan in einer Unsicherheit weiterzuleben, die ihnen die Fähigkeit zum Übertriebenen für immer geraubt hat und am Tisch der Vorsichtigen und Zweifler Platz nehmen lässt, falls sie nicht zuvor schon vom Bösen selbst zur Strecke gebracht worden sind. Der Zauber des Anfangs ist für immer verflogen, die Vergewaltigung als Weggefährte des Weiterlebens hat sich eingestellt und muss resignierend akzeptiert werden.

Vergewaltigung, geisterte es Beate Winterkorn plötzlich durch den Kopf.

„Also Ihre Freundin wollte nicht bei einem terroristischen Anschlag mitmachen und stattdessen ausloten, wie Döblitz dazu steht“, resümierte die Hauptkommissarin.

„Genau.“

Beate glitt in Gedanken schon wieder ab. Professor Praetorius hatte als studierter Psychologe und Psychotherapeut mit Berufserfahrung Doktor Meyn bescheinigt, wieder gesund zu sein. Meike Sommer als psychologisch ungeschulter Mensch, der noch nicht viele Lebenserfahrungen sammeln konnte, erkannte die Veränderung des von ihr so Vergötterten und ging auf Distanz zu ihm. Für sie gab es noch die klare Abgrenzung zwischen Gut und Böse, die im zunehmenden Alter scheinbar immer mehr verschwimmt.

„Könnte das der Grund für den Mord an Ihrer Freundin sein? Weil sie aussteigen wollte, nicht mehr mitmachen wollte? Weil sie zu Döblitz wollte, um ihm alles zu sagen?“ fragte Beate Winterkorn den jungen Schweden.

„Nein. Doktor Meyn ist kein Mörder im eigentlichen Sinn. Er will die Köpfe der Großen und Bösen. Meike hat er gemocht. Sehr gemocht“, sagte Bosse Lund.

Beate hingegen dachte daran, wie Doktor Meyn fast seine Frau erschlagen hätte. Wie weit war sein Wahnsinn gediehen?

„Wissen Sie, wo Doktor Meyn sich aufgehalten hat?“ wollte Beate nun wissen.

„Ja. Meike durfte mit niemandem sprechen. Aber sie hat es mir gezeigt“, lächelte Bosse Lund.

„Sie wäre eine schlechte Freundin gewesen, wenn sie es nicht getan hätte“, seufzte Beate.

Zusammen mit Bosse Lund verließ sie das Büro und ging hinunter auf den Hof, wo die Autos parkten, und stieg mit ihm in ihren Dienstwagen ein, mit dem sie das Gelände der Polizei in Richtung Innenstadt verließen.

Bosse lotste die Hauptkommissarin zum Europaplatz. An der Theodor-Heuss-Straße hielten sie schließlich und gingen zu Fuß über die Okerbrücke Richtung Giseler zurück. Dann gingen sie am inneren Umflutgraben vorbei in Richtung historische Stadtmauer. Sie marschierten durch die Echternstraße vorbei an Michaeliskirche und Stobwasserhaus, in dem zu Beginn des vergangenen Jahrhunderts der spätere erste Reichspräsident Deutschlands Friedrich Ebert für einige Zeit gewohnt hatte.

Kurz hinter diesem Haus bog Bosse vor den neu gebauten Häusern nach links ein. Wenig später standen die beiden vor einem langen aus dem Mittelalter stammenden Fußgängertunnel, dem Wehrgang.

Eine Metallgittertür, die nur angelehnt war, versperrte den Eingang. Beate öffnete sie unter starkem Quietschen. Ein Lichtschalter war im Tunnel angebracht, den sie betätigte. Nun durchbrach künstliches Licht die Dunkelheit in diesem schmalen Kopfsteinpflastergang.

Am Ende des Tunnels erblickten Beate und Bosse das Sonnenlicht. Schließlich traten sie ins Freie und standen am Ufer des inneren Umflutgrabens. Wie eine Säule dieses Tunnels ragte ein schmales mittelalterliches Haus in den Himmel. Im Mittelalter wohnte hier in der Nähe der Henker, der an diesem düsteren Ort seinen Dienst versah. So erzählen es jedenfalls Stadtführer.

Bis in die Gegenwart hinein war dieses Haus bewohnt. Doch nun stand es schon lange leer und verfiel zusehends. Nur Doktor Meyn schien sich wohl für diese versteckte Adresse mitten in der Innenstadt zu interessieren. Heimlich musste er das Haus wieder bewohnbar gemacht haben.

Ein aufgemalter Totenkopf sollte jeden ungebetenen Besucher warnen: Lebensgefahr.

Bosse Lund gab der Hauptkommissarin unmissverständlich zu verstehen, dass Doktor Meyn sich in diesem historischen Haus aufhielt. Sie bedankte sich für den entscheidenden Hinweis und ging mit dem Schweden wieder in den Wehrgang hinein. Jetzt mussten beide stetig bergan marschieren. Als sie die Mitte des schmalen Tunnels ungefähr erreicht hatten, erlosch das Licht. Plötzlich war es stockdunkel.

Beide sahen eine dunkle Gestalt von oben in den Tunnel kommen. Beate Winterkorn hoffte darauf, dass der neuerliche Besucher dieser historischen Anlage das Licht wieder einschalten würde. Doch der dachte nicht daran. Geblendet vom hellen Ende des Tunnels konnten die beiden nichts erkennen.

Sie vernahmen lediglich den sich nähernden Schritt eines Unbekannten. Jetzt war auch sein tiefes Atmen zu hören, während Beate Winterkorn und Bosse Lund wie angewurzelt dastanden und keinen Mucks von sich gaben.

Es konnte sich nur noch um Sekunden handeln, bis sie zwangsläufig mit ihm zusammentreffen würden. Beate spürte ihr Herz im Halse schlagen. Der Schritt des Mannes wurde lauter. Jetzt musste er direkt vor ihnen sein. Im selben Moment schrie sie laut auf. Der Mann stoppte und brüllte: „Wer ist da?"

„Warum haben Sie denn oben kein Licht gemacht?" schrie Beate Winterkorn ihn an.

„Entschuldigung. Ich habe Sie nicht gesehen", sagte er nun mit ruhiger Stimme und tastete sich an den beiden ihm entgegengekommenen Herrschaften vorbei. Er stapfte dann einfach weiter bergab, und Beate und Bosse gingen weiter bergauf.

Unweigerlich fragte sich die Hauptkommissarin, ob sie soeben dem offenbar wahnsinnigen Doktor Meyn begegnet und regelrecht in die Arme gelaufen waren.

30

Hauptkommissarin Beate Winterkorn brachte Bosse Lund zu den Eltern seiner ermordeten Freundin. Sie selbst fuhr weiter ins Untersuchungsgefängnis, wo sie Michael Döblitz einen Besuch abstattete.

Der Mann schien in der Gefängniszelle über Nacht gealtert. Er war steingrau im Gesicht.

„Herr Döblitz, ich weiß jetzt, was Meike Sommer bei Ihnen gewollt hat und was sie Ihnen sagen wollte. Ich weiß jetzt auch, wo Doktor Meyn sich aufhält", sagte die Hauptkommissarin in selbstsicherem Tonfall.

„Schön für Sie. Durch meine Festnahme gefährden Sie die ganze Aktion."

„Welche?"

„Die gegen Wedderkopf."

„Was genau haben Sie und Doktor Meyn vor?" wollte die Hauptkommissarin wissen.

„Meyn hat neulich bei CeBaTa eingebrochen, um Wedderkopf klarzumachen, wie es um ihn bestellt ist. Seine Entlarvung und Entmachtung steht unmittelbar bevor. Wenn er nicht ganz dumm ist, dann hat er das jetzt begriffen. Vielleicht macht er schon im Vorfeld Fehler. Aber sein größter Fehler war, mich ins Vertrauen zu ziehen."

„Wie soll die Entmachtung Wedderkopfs vor sich gehen? Mit Gewalt?"

„Unsinn! Wir liefern ihn ans Messer. Den Rest überlassen wir Ihnen."

„Das stimmt nicht. Meyn will Wedderkopf und den Bundesminister töten. Er plant ein schreckliches Attentat."

„Wer hat Ihnen denn einen derartigen Bären aufgebunden?" lachte Döblitz überheblich.

„Der Freund von Meike Sommer, der noch nicht wusste, was der Mutter seines Kindes passiert ist. Das junge Mädchen ist zu Ihnen gekommen, weil sie wissen wollte, ob Sie davon gewusst haben, dass Meyn einen terroristischen Akt plant und ob Sie Gewalt unterstützen würden, was Meike entschieden abgelehnt hat."

„Meyn war über die Philosophie zum Widerstandskämpfer geworden. Doch da wir in einer Demokratie leben, benötigen wir nicht den Mord, um jemanden zur Strecke zu bringen. Der Rechtsstaat tut das seine. Das ist doch logisch."

„Zählt Logik? Meike glaubte, erkannt zu haben, dass Meyn wahnsinnig geworden sei. Anfänge einer Geisteskrankheit hat doch schließlich Professor Praetorius schon behandelt, möchte ich zu bedenken geben."

„Aber er war doch geheilt", hielt Döblitz entgegen.

„Ist das etwa normal und gesund, einem Selbstmörder seinen Personalausweis unterzujubeln und sich begraben zu lassen, obwohl man heimlich weiterlebt?" fragte Beate Winterkorn.

„Sie meinen wirklich, dass Meyn geisteskrank ist?"

„Ich bin keine Psychologin. Aber vielleicht ist es ja Ausdruck seiner Schizophrenie, einen Teil von sich beerdigen zu lassen und nur den anderen weiterleben zu lassen. Aber welchen Teil hat er beerdigt, und was lebt in ihm weiter: das Gute oder das Böse?"

„Aber das wäre ja unglaublich, wenn das stimmen würde, was Sie sagen!"

„In meinem Job erlebe ich nur Unglaubliches. Bitte geben Sie mir die Handynummer, unter der Sie Doktor Meyn immer angerufen haben!"

31

Beate Winterkorn war in die Siedlung Schwarzer Berg gefahren und stand nun vor dem riesigen Hochhaus, das gelegentlich eine starke Anziehungskraft auf Selbstmörder ausübte.

Sie versuchte sich vorzustellen, wie es Ralf Baum gelungen sein mochte, dort hinaufzukommen, um danach in den sicheren Tod zu springen.

Sie versuchte sich in den Mann hineinzuversetzen, der all die Jahre nie geklagt hatte, der ohne Murren die Launen der Natur ertragen und über sich ergehen lassen hatte, der sich dem Schicksal, das seine Frau ereilt hatte, ergab und aus Liebe zu ihr offenbar alles ertrug, der sie so liebevoll pflegte und dann an jenem 28. August vergangenen Jahres vorgab, zum Einkaufen zu gehen und genau wusste, dass er es tun würde. Er hatte es nicht mehr ausgehalten und ein eigenes Schicksal freiwillig für sich gewählt, um dem Schicksal seiner Frau für immer entfliehen zu können. Wie grausam war doch dieser Akt der Selbsttötung gegenüber seiner kranken Frau? In Zweifel und Ungewissheit hatte er sie zurückgelassen mit ihrer Krankheit, ihrem Siechtum und der Gewissheit, irgendwann elendig zu sterben.

Beate dachte daran, dass sie mithilfe des Staatsanwaltes einen richterlichen Bescheid zur Exhumierung der Leiche erwirken musste.

Sie fuhr zum Pflegeheim in die Ottenroder Straße. Beate Winterkorn stand bereits unten im Flur und überlegte, ob sie Hanna Baum die ganze Wahrheit über den Tod ihres Mannes mitteilen sollte. Einen Augenblick glaubte sie, dass sie es ihr schuldig wäre. Doch schließlich kam sie davon ab. Sie mochte auch nicht mehr zu ihr hinaufgehen. Beate drehte sich um und ging einfach aus dem Pflegeheim wieder hinaus.

Am nächsten Morgen saß sie mit Kommissar Bernhard und dem Staatsanwalt im Büro zusammen. Sie beratschlagten sich.

„Wir sollten die Bleibe von Doktor Meyn stürmen“, schlug der Staatsanwalt vor.

„Und ihn dadurch warnen?“ gab Beate Winterkorn zu bedenken.

„Die Planungen für die Sicherheitsvorkehrungen wegen des Staatsbesuches laufen auf vollen Touren. Wedderkopf steht unter Polizeischutz und wird rund um die Uhr bewacht“, merkte Bernhard an.

„Wenn Doktor Meyn sein Ding durchzieht, wird er es am Samstag tun, wenn der Minister zu Besuch ist.“

„Wir müssen uns bestens präparieren und sollten die Bleibe von Meyn fortan rund um die Uhr bewachen“, schlug der Staatsanwalt vor.

„Tun Sie das. Stehen genügend Kollegen zum Einsatz bereit?“ wollte Beate wissen.

Der Staatsanwalt nickte. Abschließend merkte Beate an: „Die Exhumierung des als Doktor Meyn bestatteten Leichnams steht bevor. Die sterblichen Überreste werden in die Pathologie in Hannover überstellt. Dort werde ich Frau Meyn treffen und sie bitten, uns ein Foto ihres Mannes zur Verfügung zu stellen, damit jeder Beamte weiß, wie der Mann aussieht, den er möglicherweise mit Gewalt an seinem Vorhaben hindern muss.“

32

Es war Freitagvormittag, ein Tag vor dem großen Staatsbesuch. Die Polizei arbeitete fieberhaft an ihrem Einsatz.

Hannelore Meyn war selbst mit dem Auto nach Hannover gefahren. Das Angebot der Hauptkommissarin, sie im Dienstwagen mitzunehmen, hatte sie mit dem Hinweis abgelehnt, lieber allein sein zu wollen.

Vor dem Gebäude trafen sich die beiden Frauen und gingen schließlich gemeinsam hinein. Die Freundlichkeit, mit der der Pathologe seine Besucherinnen empfing, wurde nur von Beate Winterkorn erwidert. Hannelore Meyn gab sich betont unfreundlich und demonstrierte auf diese Weise ihre Haltung zu der wohl gespenstischen Szene. Dann trat sie mit verzerrter Miene vor die Leiche und hielt sich die Hände vors Gesicht. Die Verwesung war so weit fortgeschritten, dass sie keine Aussage über deren Identität tätigen konnte.

„Dann danke ich Ihnen für Ihre Bemühungen, Frau Meyn. Wir müssen also das Ergebnis der DNA-Analyse abwarten. Ich bin sicher, dass es sich bei dem Toten um Ralf Baum handelt“, sagte die Hauptkommissarin.

Danach verließen sie das Gebäude. Auf dem Weg zum Parkplatz bat Hauptkommissarin Winterkorn Frau Meyn um ein Foto, auf dem ihr Mann abgelichtet und das möglichst aktuell war. Die Witwe, die nun doch keine zu sein schien, versprach, ein Bild herauszusuchen und es der Polizei schnellstmöglich zukommen zu lassen.

33

Als Beate Winterkorn an diesem Freitagabend spät und völlig erschöpft von der Arbeit nach Hause kam, stand sie kurz vor einem Nervenzusammenbruch. Es war nicht die Überarbeitung allein, die sie so fertig machte, sondern das Schicksal, das sich auf unterschiedliche Weise in seiner Gnadenlosigkeit unter die Menschen gemischt hatte, mit denen sie bei ihren Ermittlungen zusammengetroffen war. Es fiel ihr schwer, die Distanz zum fremden Leid aufrechtzuerhalten. Nach Feierabend verflog diese Distanz zuweilen, und sie fühlte mit und sich entsprechend schlecht.

Zu ihrer Erleichterung war Jens zu Hause, der seine Frau sinnbildlich auffangen und halten konnte und es auch vorbildlich tat.

Erschwerend kam hinzu, dass Beate Winterkorn an diesem bevorstehenden Wochenende kein dienstfrei bekommen würde, sondern stattdessen mit dem folgenden Sonnabend ein langer, schwerer und gefährlicher Arbeitstag bevorstand.

Winterkorns blendeten die Tatsache, dass jeder Einsatz der Polizei mit schweren Verletzungen oder dem Tod der Beamtin enden konnte, meistens erfolgreich aus.

Allerdings vor derartigen Großeinsätzen gelang es Beate nicht, die Gefahren ihres Alltags zu verdrängen. Sie lag ihrem Mann in den Armen. Immer den Tränen nahe sprachen die beiden vom Tod, von ihrem eigenen und dem ihres kleinen Sohnes vier Jahre zuvor.

Jens versuchte seine Frau mit Allerweltsfloskeln zu beruhigen, was ihm jedoch diesmal nicht zu gelingen schien.

Es blieb für Beate eine unruhige Nacht, die einfach nicht vergehen wollte. Der Schlaf stahl sich davon oder kehrte mit einer Flut böser Träume zurück.

Schließlich brach er an, der Tag X, jener Samstag, an dem sich hoher Besuch angesagt hatte, der beschützt werden wollte und der vermutlich im Fadenkreuz eines Wahnsinnigen die Bühne der Provinz betrat.

Schon früh am Morgen musste Beate an ihrem Arbeitspatz aufkreuzen, um an einer letzten Lagebesprechung teilzunehmen, auf der ihr Anweisungen für den bevorstehenden Einsatz gegeben wurden. In Anbetracht der Sachlage war vom Einsatzleiter in Übereinstimmung mit dem Polizeipräsidenten die höchste Alarmstufe ausgerufen worden.

Nun begab sich jeder Polizeibeamte auf seinen ihm zugewiesenen Platz.

Beate Winterkorn und Lukas Bernhard saßen in einem Zivilfahrzeug und sollten den Konvoi begleiten, in dessen Mitte der Bundespolitiker sich bewegte.

Ein Funkspruch machte die Runde: „Doktor Meyn hat mit einem Geigenkasten seine Behausung am Wehrgang verlassen." Die Kollegen waren an ihm dran.

Der Bundesminister landete mit seinem Privatjet auf dem Flughafen Braunschweig-Wolfsburg in Waggum. Wedderkopf verließ unter Polizeischutz sein Haus. Kommunale Politprominenz machte sich auf den Weg. Alle sollten auf dem Platz vor dem Schloss am

Bohlweg aufeinandertreffen. Dort war alles weiträumig abgeriegelt worden. Nur die Straßenbahnen fuhren. Es gibt keine Ausweichstrecke in diesem Bereich. Alle fünf Tramlinien passieren das Schloss.

„Durchsage an alle Kollegen: Doktor Meyn sitzt im Haltestellenhäuschen der Tramstation Europaplatz." Beate Winterkorn hörte die Durchsage im Polizeifunk. Die Maschine des Bundesministers war sicher gelandet. Kurze Begrüßungszeremonien.

Der Gast wurde in eine schwarze Limousine der Stadt gesetzt. BMW-Motorräder fuhren langsam los. Der Wagen mit dem Minister schloss sich an. Jetzt folgten mehrere Dienstfahrzeuge der Polizei. Auch Lukas Bernhard fuhr mit Beate Winterkorn los. Sie bewegten sich ziemlich am Ende des Konvois. Der Tross bewegte sich auf sein Ziel zu: das Schloss!

Demonstrationen waren im Vorfeld strengstens untersagt worden.

Doktor Meyn saß noch immer mit seinem Geigenkasten unter dem Arm im Haltestellenhäuschen der Tramstation Europaplatz und schien zu warten. Etliche Straßenbahnen hatte er schon an sich vorüberfahren lassen.

Beate Winterkorn schaute aus dem Beifahrerfenster und überlegte, was der Mann vorhaben könnte. Sie hatte ein ungutes Gefühl.

Der Korso mit dem Bundespolitiker erreichte das Schloss. Es war ein kurzer Empfang geplant. Anschließend fuhren mehrere Menschen mit dem Minister und Wedderkopf in Begleitung von Polizeibeamten mit dem Lift hinauf zur Quadriga. Von der Plattform rund um das Vierergespann mit der Schutzpatronin Brunonia herum hat man in alle vier Himmelsrichtungen einen herrlichen Rundblick über die Stadt Braunschweig mit ihren historischen Kirchtürmen und einem der ersten Hochhäuser, die nach dem Zweiten Weltkrieg in Deutschland gebaut wurden.

Doktor Meyn stieg am Europaplatz nun in den Beiwagen der Metrotram 3. Er hatte auf einen der ältesten noch in Betrieb befindlichen Züge aus den Siebzigerjahren gewartet.

Die Tram schlängelte sich über die Okerbrücke, auf der 2003 eine Straßenbahn entgleist war, das Brückengeländer durchbrochen hatte und in die Oker geplumpst war. Dann fuhr sie parallel zur Oker, bog ab zur Haltestelle Friedrich-Wilhelm-Platz, fuhr durch die Fußgängerzone über die Haltestelle Friedrich-Wilhelm-Straße zur Haltestelle Schloss.

Hier erhob sich Doktor Meyn plötzlich, nannte sich einen Mitarbeiter der Braunschweiger Verkehrs-AG und forderte alle Fahrgäste auf, den Straßenbahnanhänger zu verlassen und in den Triebwagen umzusteigen. Als sich die drei Anhängertüren automatisch schlossen, saß Doktor Meyn allein im Beiwagen der Tram.

Die Bahn rollte aus der Haltestelle Schloss hinaus. Meyn öffnete den Geigenkasten und entnahm ihm ein Gewehr mit Zielfernrohr.

Die Bahn rollte wenige Meter. Als sie sich genau in Höhe des Schlosses mit seiner Quadriga auf dem Dach befand, riss Meyn den Hebel der Notbremse herunter. Der Wagen stoppte abrupt. Jetzt riss er problemlos die mittlere der drei automatischen Türen der alten Straßenbahn mit den Händen auf.

Meyn verfügte über freie Sicht und ein ideales Schussfeld.

Alles hatte die Polizei abgeriegelt. Niemand kam nah an den prominenten Politiker heran. Lediglich die Straßenbahnen rollten mitten durchs Geschehen. Welch fataler Fehler!

Meyn legte das Gewehr an und sah durchs Zielfernrohr. Er hatte zunächst den Bundesminister und anschließend Wedderkopf im Fadenkreuz. Er schwenkte zurück auf den Minister, der gerade den weiten Blick über die Stadt genoss. Er führte den Finger zum Abzug.

In diesem Augenblick zuckte Meyn, sackte kraftlos zusammen und fiel die hohen Stufen des Straßenbahnanhängers hinunter und klatschte auf die Straße.

Oben auf der Quadriga schien noch niemand etwas bemerkt zu haben, während die Fahrgäste der Straßenbahn im Vorderwagen von ihren Plätzen aufstanden und die seltsame Szene mit Argwohn beobachteten.

Polizeibeamte des SEK stürmten herbei und untersuchten den am Boden liegenden Doktor Meyn. Er lebte nicht mehr.

Nun ließ sich die Sache vor niemandem mehr verheimlichen. Der Bundesminister und Wedderkopf wurden fortgeschafft.

Beate Winterkorn verließ ihren Dienstwagen und lief zu dem niedergestreckten Attentäter. Sie sah ihn sich an und verglich das Gesicht des Toten mit dem auf dem Foto, das sie gerade am Morgen von Frau Meyn erhalten und für alle Kollegen vervielfältigt hatte. Kein Zweifel, es handelte sich um Doktor Meyn.

34

Hauptkommissarin Winterkorn saß im Untersuchungsgefängnis Michael Döblitz gegenüber.

„Doktor Meyn ist tot. Er ist von unseren Kollegen bei dem Versuch, den Minister oder Wedderkopf oder beide töten zu wollen, erschossen worden“, teilte die Hauptkommissarin dem Untersuchungsgefangenen mit.

„Aber das ist ja Wahnsinn!“ seufzte Döblitz mit verzerrtem Gesicht.

„Es ist genau das eingetreten, was Ihnen das junge Mädchen mitteilen wollte. Doch leider ist sie ja nicht mehr dazu gekommen.“

„Meyn ist demnach tatsächlich geisteskrank geworden.“

„Das ist die Frage. War Georg Elser geisteskrank, als er den Führer in die Luft sprengen wollte? Oder hat er erkennen müssen, dass es keine Alternative zum feigen Mord geben konnte, wenn man die Welt retten wollte? Sie mussten doch auch eine Wahnsinnstat begehen, damit Wedderkopf Sie ins Vertrauen zog, weil Sie gewisse Atomgeschäfte im Dienste der Menschheit verhindern wollten. Sind Sie geisteskrank, Döblitz?“

„Aber nein. Ich bin so gesund wie Sie.“

„Was also ist Wahnsinn, und wer ist der eigentlich Wahnsinnige? Fakt ist, Wedderkopf lebt und erfreut sich bester Gesundheit. Wahrscheinlich konferiert er gerade mit dem Bundesminister."

„Sie müssen das verhindern. Ich muss das verhindern", schrie Döblitz aufgeregt.

„Ich habe lediglich den Mord an der jungen Frau aufzuklären, mehr nicht. Wie soll ich denn das verhindern?"

„Mit den Zugangsdaten, die ich habe", antwortete Döblitz siegessicher.

„Was für Zugangsdaten?" fragte Beate Winterkorn irritiert.

„Die Zugangsdaten, um an ein unterirdisches Versteck heranzukommen, in dem Massen Plutonium illegal eingelagert sind."

„Geben Sie mir die Daten. Ich werde mich darum kümmern."

Doch Beate Winterkorn kam eine andere Idee. Ihr fiel Meyns Einbruch in die Firma CeBaTa ein. Laut Wedderkopfs Aussage hatte der Einbrecher wichtige Dateien gestohlen. Wo anders als in seinem selbstgewählten Domizil am inneren Umflutgraben sollte er sie versteckt haben?

Die Hauptkommissarin fuhr in Begleitung zweier Kollegen zum Wehrgang und marschierte mit ihnen in Meyns Unterkunft. Dort stellten sie alles auf den Kopf. Sie fanden einen USB-Stick, den sie mitnahmen. Das schien auf den ersten Blick sehr wenig zu sein, doch als Beate Winterkorn, zurück im Büro, ihn in ihren Computer steckte, öffnete sich ihr jene geheimnisvolle Welt, von der Döblitz erzählt hatte.

Kurze Zeit später hängte sich die Hauptkommissarin ans Telefon. Wie wild telefonierte sie mit allen möglichen und unmöglichen Leuten herum.

Am späten Nachmittag kam der Staatsanwalt zu ihr ins Büro. „Sie haben ja ganz schön Staub aufgewirbelt, Frau Winterkorn. Ich habe Weisung bekommen, Ihnen mitzuteilen, dass es das unterirdisch gelagerte Plutonium gibt. Es ist ein Erbe des Kalten Krieges. Die Amerikaner haben es aus Kostengründen hiergelassen. An höchster Stelle weiß man darüber Bescheid. Es handelt sich um ein Staatsgeheimnis. Der Bund hat den Daumen drauf. Sie machen sich bitte nicht die Finger schmutzig. Ihr Informant hält besser die Klappe. Sagen Sie ihm das! Herr Wedderkopf ist eine absolut integere Persönlichkeit. Der Mann hat sehr gute Vorschläge für eine konstruktive Zusammenarbeit der Stadt Braunschweig mit der Bundesregierung unterbreitet. Was Sie da angeblich auf einem Stick gegen ihn in der Hand haben wollen, ist irrelevant vor Gericht. Es handelt sich um Dateien, die der Attentäter Wedderkopf gestohlen hat, nachdem er sich gewaltsam Zutritt zu dessen Firma verschafft und zuvor den Wachmann niedergeschlagen hat. Vergessen Sie es einfach! Ihre Arbeit ist hier zu Ende. Sie haben gute Arbeit geleistet", lächelte der Staatsanwalt mit einem Ausdruck von Überheblichkeit.

„Dann dürfte ja alles klar sein, Herr Oberstaatsanwalt", sagte Beate Winterkorn.

„Aber ich bin doch noch gar kein Oberstaatsanwalt."

„Ach nein? Aber ich denke, Sie sind auf dem besten Weg dorthin. Sie haben das Zeug dazu", lächelte die Hauptkommissarin eiskalt.

Abends kam Beate Winterkorn völlig erschöpft von der Arbeit und ließ sich aufs Sofa fallen. Ihr Mann Jens setzte sich zu ihr.

„Elser war nicht verrückt. Er musste es versuchen. Es gab keine andere Möglichkeit. Und Meyn ist gleichfalls nicht verrückt gewesen. In seiner Isolation, als die meisten ihn für tot gehalten haben, muss ihm grausam klargeworden sein, dass er keine Alternative zum Mord gehabt hat. Nur mit dem Mord hätte er verhindern können, was nun in aller Seelenruhe seinen Lauf nimmt."

„Aber Beate, was redest du da?"

„Doktor Meyn ist nicht wahnsinnig oder geisteskrank gewesen. Wann wird er vor der Geschichte rehabilitiert werden? Morgen steht er erst einmal als böser Attentäter in allen Zeitungen. Seine vermeintlichen Opfer werden es genießen. Sie können sich der Welt als gute und bedauernswerte Menschen verkaufen."

„Beate?"

„Döblitz ist auch so eine arme Sau. Sitzt im Knast. Was soll aus dieser Welt werden, wenn wir immer wieder die Guten für verrückt erklären und ans Kreuz nageln und den Bösen die Macht überlassen? Ist es nicht immer so gewesen? Geschwister Scholl: hingerichtet. Dietrich Bonhoeffer: hingerichtet. Jesus: hingerichtet. Undsoweiter, undsoweiter ..."

Jens bekam Angst um seine Frau. So hatte er sie noch nicht erlebt. Er nahm sie in den Arm und versuchte sie zu trösten. Doch sie schien untröstlich zu sein.

Am Sonntagmorgen schmückten die tollsten Schlagzeilen die Zeitungen.

DAS NEUE WUNDER VON BRAUNSCHWEIG

Diese Schlagzeile empfand Beate als äußerst geschmacklos. Als „Wunder von Braunschweig" war ein Unbekannter in die jüngste Geschichte eingegangen, der an vielen karitativen Örtlichkeiten heimlich und anonym Geld in hohen Summen hinterlegt hatte.

Die Erschießung Doktor Meyns mit dieser Aktion gleichzusetzen, war mehr als zynisch. Die Lobhudelei ihrer Kollegen fand Beate unerträglich. Kein schöner Sonntag!

Den Gipfel der Unverschämtheit leistete sich eine große Sonntagszeitung, die Meyn als Mörder von Meike Sommer abstempelte und berichtete, die Polizei habe das „barbarische Dreckschwein" zur Strecke gebracht.

An Stammtischen wuchsen die Biertrinker an diesem Sonntagvormittag beim Frühschoppen vermutlich an Nationalstolz über sich hinaus.

Beate Winterkorn und ihr Mann Jens fuhren ein bisschen zwischen Braunschweig, Elm und Asse spazieren. Sie genossen die scheinbare Unberührtheit der Natur und ließen ihre Blicke aus den Fenstern ihres Wagens über die Felder schweifen, auf denen das Korn zur Reife gelangt war und abgeerntet werden wollte.

Uberall sahen die beiden noch das hölzerne gelbe A an Häusern oder vor den Gartenpforten mit der Aufschrift „aufpASSEn“ auf der unteren Achse des Buchstaben. An diesem Sontag konnte sich Beate Winterkorn des Eindrucks nicht erwehren, als würde das Gelb der Warntafeln stark verblassen.

„Es war ein Braunschweiger, der die Attentäter des 20. Juli rehabilitiert hat. Er hieß Fritz Bauer und strebte als Generalstaatsanwalt nach dem Krieg einen Prozess gegen den unverbesserlichen Nazi Otto Ernst Remer an. Das hatte Symbolcharakter. Bauer nutzte diesen Prozess zur Rehabilitierung der Widerstandskämpfer“, sagte Jens auf einmal.

„Ich habe davon gelesen. Erst jetzt haben sie einen Platz nach diesem Mann benannt“, fügte Beate hinzu.

„Jedenfalls ist der Mann eine Ehrenrettung für unsere Stadt. Es handelt sich nicht nur um die Stadt, in der dem damals staatenlosen Adolf Hitler am 25. Februar 1932 die deutsche Staatsbürgerschaft verliehen worden war, sondern auch um die Stadt, in der Fritz Bauer wirkte und ein neues Rechtsverständnis nach dem Krieg in Umlauf brachte, so dass der Vorsitzende Richter im Remer-Prozess sich genötigt sah, öffentlich zu bekennen, dass all das, was das deutsche Volk hat über sich ergehen lassen müssen, schreiendes Unrecht war.“

„Du solltest Geschichte unterrichten“, schlug Beate ihrem Mann vor.

„Das mache ich doch schon.“

„Na klar. Entschuldige bitte.“

„Ich wollte damit nur sagen, dass die Richtigen auch mal zu Wort gekommen sind.“

„Mal! Diesmal nicht“, zeigte Beate sich nach wie vor unversöhnlich mit der Situation.

35

Am Montagmorgen sah Kommissar Lukas Bernhard eine recht abgespannt wirkende Hauptkommissarin ins Büro kommen.

„Der Einsatz am Samstag war doch sehr erfolgreich“, versuchte er seine Kollegin aufzumuntern.

„Für wen?“ fauchte sie ihn an.

„Na für uns! Der Attentäter konnte gestellt werden, niemand ist verletzt worden, und unseren Mord können wir wohl damit zu den Akten legen.“

„Das hättest du wohl gern.“

„Etwa nicht?“

„Ich glaube nicht, dass Doktor Meyn wahnsinnig gewesen ist“, merkte Beate an.

„Wer auf wehrlose Menschen schießt, muss wahnsinnig sein“, war Bernhard sich sicher.

„Grundsätzlich gebe ich dir da recht. Manchmal gibt es Ausnahmen. Döblitz hat gesagt, dass er die Schläger unter die Demonstranten gemischt hat, weil er das Vertrauen von Wedderkopf benötigte, um an Daten heranzukommen, die er gegen die Atommafia verwenden wollte. Wedderkopf wird das abstreiten. Döblitz sitzt dafür schon im Gefängnis. Wir kommen nicht ran an sie.“

„Aber deshalb darf man sie doch nicht zum Abschuss freigeben.“

„Natürlich nicht. Aber man darf den Attentäter auch nicht einfach so zum Geisteskranken erklären und ihm einen weiteren Mord anhängen, jetzt, wo er sich nicht mehr wehren kann.“

„Aber sein Motiv liegt doch auf der Hand“, sagte Bernhard.

„Eben. Deshalb wäre es ja einfach, praktisch und gut für uns, die Akte zu schließen. Doch genau das werde ich nicht tun. Doktor Meyn wäre um Haaresbreite zum Mörder geworden. Es war gut, dass unsere Kollegen das verhindert haben. Aber dieser Mann hätte niemals ein junges, hübsches und irgendwie noch unschuldiges Mädchen kaltblütig erschlagen. Sie hätte Döblitz warnen können.

Na und! Meyn hätte das trotzdem alleine durchgezogen. Das hat er doch so auch versucht. Nein, der hat das Mädchen nicht erschlagen", schien Beate sich sicher.

„Na schön! Wer aber war es dann?"

„Das weiß ich auch noch nicht", gestand Beate Winterkorn.

„Fangen wir also wieder bei null an", stöhnte Lukas Bernhard.

„Auf keinen Fall. Wir haben doch mit allen Beteiligten gesprochen. Der Mörder muss schon unter ihnen gewesen sein. Wir kennen ihn längst. Doch wir haben ihn noch nicht entlarvt. Wir müssen alle Protokolle noch einmal gründlich und genau lesen. Wir müssen etwas übersehen haben."

„Aber das ist doch eine Scheißarbeit und dauert vielleicht Tage."

„Dafür werden wir nun einmal bezahlt", gab Beate Winterkorn zu bedenken.

„Gut. Aber dann lass uns doch vor der unvermeidlichen Lektüre noch einmal alle, die infrage kommen, durchgehen. Mit wem haben wir alles gesprochen?"

„Wedderkopf, der Chef von CeBaTa, Meikes Eltern, das Ehepaar Döblitz, Meikes Lehrer Krause, ihr Freund Bosse Lund, Frau Meyn, zwei einbeinige Männer und wer noch?"

„Dein Psycho-Professor aus Bad Harzburg", ergänzte Lukas Bernhard die Liste der Tatverdächtigen.

„Die Kollegin meines Mannes wäre da auch noch zu nennen und die Freundin der Ermordeten."

„Aber wer von denen sollte ein Motiv haben und welches? Doktor Meyn hätte so ein schönes Motiv gehabt."

„Er war es aber nicht", wurde Beate wieder sehr deutlich. „Lass uns an den Anfang zurückgehen. Was ist geschehen?" versuchte sie sich zu erinnern.

„Übrigens mit dem Gartennachbarn von Döblitz haben wir auch gesprochen", führte Lukas Bernhard plötzlich an.

„Der Gartennachbar! Horst Weber. Der Mann, der uns nicht gleich die Wahrheit gesagt hat. Doch als ich ihm das an den Kopf geknallt habe, hat er seine Aussage korrigiert. Ich glaube nicht, dass der uns noch was verschwiegen hat."

„Ich merke schon, es hilft nichts. Wir müssen eben alle Protokolle noch einmal durchgehen. Kann ich vorher noch einen Kaffee haben?"

„Klar doch, Lukas."

Während der Kaffee durchlief, kramten sie sämtliche Akten zusammen. Schließlich stellten beide eine Tasse mit dem heißen Getränk auf ihren Schreibtisch und machten sich über die Akten her.

Fieberhaft arbeiteten die Beamten an dem Mordfall, der inzwischen zweieinhalb Wochen zurücklag und nach Aufklärung verlangte.

Beate und Lukas gingen mittags noch in die Kantine und speisten genüsslich, obwohl sie feststellten, dass das Kantinenessen nicht sonderlich viel taugte.

Am späten Nachmittag schließlich fand Lukas Bernhard die undichte Stelle. Er las es, las es noch einmal, las es wieder, konnte und wollte es nicht glauben und verkündete es stolz seiner Kollegin.

„Hier, hör mal, Beate", sagte er und fuhr fort, „Marina Döblitz hat bei der Vernehmung ausgesagt, dass sie Meike Sommer zu ihrer Gartenparzelle gebracht habe. Sie hat Garten und Haus aufgeschlossen. Sie hat das Mädchen ins Haus gebracht und ihr aufgetragen, es nicht wieder zu verlassen. Die Meike hat also im Haus auf Döblitz gewartet. Der Gartennachbar Horst Weber hat aber ausgesagt, dass er das Mädchen draußen stehen sehen hat, wie es über den Zaun geschaut hat."

„Mensch, das ist es!" rief Beate aus. „Döblitz hat uns doch erzählt, dass der Typ öfter zu ihm rübergekommen ist, weil er sich was borgen wollte."

„Er geht also rüber und trifft nun nicht auf Döblitz oder dessen Frau oder beide, sondern auf ein junges, hübsches Mädchen allein in einer Hütte."

„Was für ein Zufall!" rief Beate aus und kam ins Grübeln über den Zufall im Leben an sich.

Wenn es sich tatsächlich so verhalten haben sollte, war dies ein weiteres Indiz dafür, wie sehr unser Schicksal schlichtweg von Zufällen abhängt.

Wie kam das Mädchen in die Hütte? Sie zweifelte am Verstand jenes Mannes, den sie anfänglich so verehrt und angebetet hatte. Ihre Zweifel an dem Mann wollte sie mit dessen Partner Döblitz teilen. Sie ließ sich dessen Adresse geben und fuhr zu seiner Frau, nachdem sie im Gartenhaus niemanden angetroffen hatte. Die hielt die Besucherin für eine Geliebte ihres Mannes, weil sie jung und blond war und brachte sie dorthin zurück, wo ihr Mann sich mit seinen Geliebten vergnügte. Frau Döblitz bat die Besucherin, in dem Häuschen auf ihren Mann zu warten.

Da saß sie nun, als der Nachbar kam, um sich vielleicht irgendetwas auszuborgen. Er wusste, dass Döblitz es mit wesentlich jüngeren Frauen trieb. Er, der Nachbar, war noch älter. Da saß nun so ein junges Ding und wartete auf Döblitz. Der Gartennachbar witterte plötzlich eine Chance, weil er die Situation völlig falsch deutete. Nun konnte alles nur noch eskalieren.

Da war sie: die Kette von Zufällen, die zum Schicksal wurden. Diese Zufälle sind es, die zuweilen Licht in Verbrechen bringen.

Ein Zufall war es gewesen, dass Beate im Wald die singenden Kinder getroffen hatte und dadurch herausfand, dass es sich bei dem „einbeinigen Mann“ um einen Pilz handelte. Ein Zufall war es gewesen, dass Doktor Meyn in dem Augenblick am Hochhaus Schwarzer Berg vorbeigekommen war, als Ralf Baum dort in den Tod sprang. Welcher Zufall war der Anfang der verzwickten verwobenen Handlungskette? Was hätte nicht eintreten dürfen, damit Meike noch am Leben wäre?

Der Mensch ist stets geneigt zu sagen: „So viele Zufälle auf einmal gibt es nicht.“ Sie finden nicht auf einmal statt. Die meisten Menschen verdanken ja auch die Liebe ihres Lebens einem oder mehreren Zufällen. Oder sind die vermeintlichen Zufälle das Einwirken Gottes auf unser Leben?

Wies Gott den Weg zum Mörder? Warum hatte er dann das Mädchen nicht am Leben gelassen?

Fragen über Fragen, auf die es keine Antwort gab, geben konnte. Doch Beate Winterkorn hatte nun die Nase voll vom Philosophieren. Sie fragte ihren Kollegen: „War der Gartennachbar der Mörder, weil er ein alter geiler Bock ist, der vielleicht unvorbereitet in eine Situation geworfen worden ist, wo er nun meinte, den Schalter umlegen zu müssen und ..."

„... und die Hose zu öffnen?"

„Sei doch nicht so ordinär, Lukas! Aber recht hast du."

„Die Frage ist, wie sollen wir es ihm beweisen?"

„Wir brauchen ein Überraschungsmoment", sagte Beate Winterkorn und bat ihren Kollegen, mit ihr zur Gartenanlage Lünischhöhe zu fahren.

Es war früher Abend. Die Sonne stand deutlich tiefer am Himmel als noch vor wenigen Wochen.

Beate Winterkorn und Lukas Bernhard gingen zu den Gartenparzellen von Döblitz und dessen Nachbarn Weber.

Der Garten von Döblitz schien verwaist. Der alte Herr Weber wühlte in seinen Beeten herum.

Beate Winterkorn öffnete die Pforte. Sie ging ein bisschen hin und her und schaute zu Döblitz' Garten hinüber. Dabei fiel ihr auf, dass es durch die hohen Pflanzen unmöglich war, auf das Sträßchen vor den Gärten zu schauen. Weber konnte somit von hier das junge Mädchen nicht gesehen haben, wie es draußen stand und angeblich über den Zaun schaute.

Nun rief die Hauptkommissarin den Hobbygärtner, der aufschreckte. Als er seine beiden Besucher erkannte, kam er auf sie zu und begrüßte sie.

„Was ist mit meinem Gartennachbarn Herrn Döblitz? Ich habe gehört, er sitzt im Gefängnis. Ist er der Mörder?" fragte Weber sehr besorgt.

„Herr Weber, Sie haben ausgesagt, dass Sie das junge Mädchen auf der Straße haben stehen sehen, wie es über den Zaun in Döblitz' Garten geschaut hat", erwiderte Beate Winterkorn.

„Ja. Das habe ich, und so war es."

„Können Sie mir bitte zeigen, von wo aus Sie das beobachtet haben wollen?" bat die Hauptkommissarin den alten Mann.

Er stapfte sofort in seinem Garten hin und her und musste zugleich einsehen, dass es eine solche Stelle nicht gab.

„Frau Döblitz hat ausgesagt, das Mädchen hierher und ins Haus gebracht zu haben. Die hat also nirgendwo gestanden", merkte Beate an.

„Aber ich habe sie doch gesehen", beschwor Weber.

„Ja, aber nicht auf der Straße", hielt Kommissar Bernhard ihm entgegen.

„Herr Weber, gehen Sie öfter mal zu Ihrem Nachbarn in den Garten, um sich von ihm irgendwas zu leihen?" wollte Beate von ihm wissen.

Wortlos nickte er.

„Was wollten Sie sich an jenem Tag von Ihrem Nachbarn leihen?" fragte Bernhard.

„Eine Heckenschere. Nichts weiter. Ich wusste doch, was da drüben freitagabends immer für ein Programm abläuft."

Von einer Sekunde zur anderen schien sein Gesicht jegliche Farbe verloren zu haben, und sein Blick wurde starr. In Gedanken glitt er ab und schien die gespenstische Szene jenes Abends noch einmal zu erleben.

Er hatte beobachtet, dass Frau Döblitz eine schöne junge Frau ins Gartenhäuschen nebenan gebracht hatte. Das war zwar ungewöhnlich, doch es interessierte Weber nicht. Er wusste, dass Michael Döblitz noch nicht da war. Doch wann würde er auftauchen?

Das junge Mädchen musste allein dort drüben im Gartenhäuschen sein. Weber spürte, wie ihm das Blut in den Kopf schoss, und er hörte sein Herz im Halse schlagen.

Sie war allein. Ganz sicher war sie das. Sie musste eines von diesen jungen Dingern sein, die es aus irgendwelchen Gründen mit wesentlich älteren Männern trieben.

Döblitz war zwar jünger als er, aber ebenfalls viel zu alt für so ein junges Ding. Ihm fiel die Heckenschere ein, die er sich fürs Wochenende von seinem Gartennachbarn ausborgen wollte. Das war es! Er hatte einen Grund nach nebenan zu gehen. Unter diesem Vorwand war er unverdächtig und konnte in aller Seelenruhe die Lage inspizieren.

Weber brauchte nicht mehr lange zu überlegen. Sein Entschluss stand fest. Wenn sie nicht wollte, könnte er einfach wieder zurückgehen. Wäre das Mädchen ihm aber zugeneigt, könnte er es sich noch einmal beweisen. Viele alte Männer fühlten sich von jungen Frauen angezogen. Es handelte sich um nichts Unnatürliches. Unsere Politiker lebten es uns ja schließlich vor. Warum immer nur die anderen? Weshalb nicht auch er?

Seine eigene Frau war unansehnlich geworden. Sie hatte nichts Begehrliches mehr und meckerte den ganzen Tag nur herum. Deshalb verschwand er auf seinem Garten, so oft es ging.

Mit Herzklopfen ging er hinüber, betrat das Nachbargrundstück und schaute sich mehrmals um. Keine Menschenseele, die ihn beobachtete. Sein Ausflug fand also praktisch gar nicht statt. Er hätte ihn immer leugnen können, wenn es darauf ankommen sollte.

Nun stand er vor der Gartentür. Er hob den Arm und schlug in gewohnter Weise dagegen, als würde Döblitz zu Hause sein.

Zaghaft wurde die Tür von innen geöffnet, und ein hübsches Gesicht in frischen jungen Farben schaute ihn an. Ihm wurde die Frage gestellt, ob er Michael Döblitz sei. Er hörte nur mit halbem Ohr hin und sah Sinnliches in den sich bewegenden Lippen.

Wenn sie ihn dies fragte, kannte sie seinen Gartennachbarn also gar nicht. Sie mussten sich anonym übers Internet verabredet haben. Das würde seine Chance erhöhen. Sie hielte ihn für Döblitz, wenn er sich als der ausgab. Also widersprach er nicht und nickte bloß.

Weber versperrte die Tür hinter sich. Das junge Mädchen fühlte sich sicher. In ihren Augen war das der Mann, den sie treffen wollte.

Sie trug keine Schuhe, und er sah, dass sie schöne Füße hatte. Einen Augenblick überlegte er, wie es sein Gartennachbar wohl immer anstellte mit den jungen Dingern. Die sind heute nicht mehr so zimperlich wie früher, dachte er. Die gehen in die Vollen. Immer hundert Prozent.

Das junge Mädchen setzte sich und legte ihre nackten Füße auf den Tisch. Es war klar, was sie wollte. Jetzt musste er handeln. Er war gefordert wie in alten Zeiten. Der Mann in ihm schien aus einem Dornröschenschlaf zu erwachen. Er umschloss mit seiner rechten Hand ihren linken Fuß. Sie wehrte sich nicht. Dann legte er sich auf sie.

Da fing sie an zu schreien. Sie begann sich zu wehren. Sie schlug um sich. Warum tut sie das? dachte er. Ihre Schreie wurden bedrohlich laut. Wenn jetzt Döblitz käme! Oder wenn draußen Leute vorbeigingen? Sie würden die Hilferufe hören und vielleicht ins Haus kommen!

Da war sie: diese alles zerstörende Panik. Und da war er: der harte Gegenstand. Irgendetwas lag in greifbarer Nähe herum, Weber schnappte danach, und dann schlug er mit aller Kraft zu.

Im selben Augenblick war es still. Totenstill!

Als er aufstand und von ihr abließ, fiel sie zu Boden.

Weber zitterte am ganzen Körper. Sie war tot. Sie musste tot sein. Er begriff es nicht, wollte es nicht, konnte es nicht begreifen. Bloß weg! Weg von hier!

Er stahl sich aus dem Gartenhaus und holte tief Luft. Dann ging er in normalem Schritt zu seinem Garten hinüber. Weber wollte unverdächtig wirken. Jedem, den er getroffen hätte, würde er erzählen, dass er sich eine Heckenschere vom Nachbarn hatte leihen wollen, aber niemand zu Hause gewesen wäre. Doch er traf niemanden.

Weber ging in sein Gartenhäuschen und setzte sich auf einen Stuhl. Er starrte aus dem Fenster hinaus in den Himmel.

Jetzt erwachte er aus seiner Gedankenversunkenheit und sah mit finsterer Miene die beiden Kommissare an.

„Ich wollte das nicht. Sie sollte aufhören zu schreien. Nur das", fügte er noch hinzu.

„Haben Sie wirklich geglaubt, dass so ein junges hübsches Ding mit so einem alten Mann wie Ihnen ins Bett gehen würde?" fragte Beate.

„Ich weiß nicht, was ich geglaubt habe. Sie war barfuß und hatte wunderschöne Füße ..."

Schöne Füße! Das war Beates erster Eindruck, als sie die Leiche gesehen hatte. Und wieder so ein Zufall! Vielleicht wäre es nicht passiert, wenn sie Schuhe und Strümpfe getragen hätte.

„Herr Weber, ich muss Sie nun vorläufig festnehmen", sagte Beate Winterkorn.

Lukas Bernhard legte Weber Handschellen an. Bevor sie ihn abführten, drehte Weber sich noch einmal um und ließ seinen Blick schweifen. Dann starrte er das Gartenhäuschen seines Nachbarn an und schrie aus vollem Halse: „Das sind doch alles Hexen, die da verkehren. Hexen sind das. Hexen!"